UNA GRIETA EN EL ESPACIO

GRANTRAVESÍA

Madeleine L'Engle

UNA GRIETA EN EL ESPACIO

Traducción y notas de
José Manuel Moreno Cidoncha

Segunda parte de
"El Quinteto del Tiempo"

GRANTRAVESÍA

Una grieta en el espacio

Título original: *A Wind in the Door*

© 1973, Crosswicks, Ltd.

Traducción: José Manuel Moreno Cidoncha

Imagen de portada: © Dieter Wresmüller

D.R. © 2018, Editorial Océano, S.L.
Milanesat 21-23, Edificio Océano
08017 Barcelona, España
www.oceano.com

D. R. © 2018, Editorial Océano de México, S.A. de C.V.
Eugenio Sue 55, Col. Polanco Chapultepec
C.P. 11560, Miguel Hidalgo, Ciudad de México
www.oceano.mx
www.grantravesia.com

Cuarta reimpresión: marzo, 2018

ISBN: 978-607-527-143-9

IMPRESO EN MÉXICO / *PRINTED IN MEXICO*

Para Pat

Índice

«¿Qué es, sobrino —dijo el rey—,
el viento que azota esa puerta?»

La muerte de Arturo, Sir Thomas Malory

Los dragones de Charles Wallace

—**H**ay dragones en el huerto de los gemelos.

Meg Murry sacó la cabeza del refrigerador, donde había estado rebuscando para preparar su merienda después de llegar de la escuela, y miró a su hermano de seis años de edad.

—¿Qué?

—Hay dragones en el huerto de los gemelos. O, al menos, los había. Ahora se han desplazado a los pastizales del norte.

Meg no respondió —solía no responder a Charles Wallace demasiado rápido cuando éste decía algo extraño—, y regresó al refrigerador.

—Supongo que me prepararé el sándwich con lechuga y tomate, como de costumbre. Estaba buscando algo nuevo y diferente y emocionante.

—Meg, ¿me has oído?

—Sí, te he oído. Creo que comeré paté con queso cremoso —tomó sus ingredientes para el sándwich y una botella de leche, y los dispuso sobre la mesa de la cocina.

Charles Wallace aguardó pacientemente. Ella miró hacia él, frunciendo el ceño con una ansiedad que no le gustaba admitir ante sí misma, las rasgaduras recientes en las rodillas de sus jeans, las vetas de suciedad profunda de su camisa, la contusión que se oscurecía en el pómulo debajo de su ojo izquierdo.

—¿Qué ha ocurrido esta vez? ¿Los chicos grandes te empujaron en el patio, o cuando bajaste del autobús?

—Meg, no me estás escuchando.

—Resulta que llevas dos meses en la escuela y no ha pasado una sola semana en la cual no te hayan dado una paliza. Si has estado hablando de dragones en el jardín o dondequiera que estén, supongo que eso lo explica todo.

—No lo he hecho. No me subestimes. No los vi hasta que llegué a casa.

Siempre que Meg estaba profundamente preocupada, se enojaba. Ahora le frunció el ceño a su sándwich.

—Me gustaría que mamá comprara el queso cremoso para untar. Esta cosa va y viene a través del pan sin intención de deshacerse. ¿Dónde está ella?

—En el laboratorio, haciendo un experimento. Me dijo que te avisara que no tardaría mucho.

—¿Y dónde está papá?

—Recibió una llamada de Los Ángeles, y se ha marchado a Washington por un par de días.

Al igual que los dragones del jardín, las visitas de sus padres a la Casa Blanca eran algo de lo que resultaba mejor no hablar en la escuela. A diferencia de los dragones, estas visitas eran reales.

Charles Wallace intuyó la duda de Meg.

—Pero yo los vi, Meg, a los dragones. Come el sándwich y ve a mirar tú misma.

—¿Dónde están Sandy y Dennys?

—En el entrenamiento de futbol. No se lo he dicho a nadie más que a ti.

De repente su comentario sonó triste, como si lo hubiera confesado alguien más joven que él, con sus seis años de edad, y el chico dijo:

—Me gustaría que el autobus de la escuela llegara más temprano a casa. He estado esperando y esperando a que vinieras.

Meg volvió al refrigerador para sacar la lechuga. Lo estaba usando como tapadera para pensar en algo rápidamente, a pesar de que no podía contar con que Charles Wallace no leyera sus pensamientos, como lo había hecho con sus dudas acerca de los dragones. Lo que en realidad él había visto, ella no podía siquiera adivinarlo. Pero que había visto algo, algo fuera de lo habitual, de eso ella estaba segura.

Charles Wallace observó en silencio cómo su hermana terminaba de prepararse el sándwich, alineando cuidadosamente las rebanadas de pan y cortándolo en porciones precisas.

—Me pregunto si el señor Jenkins habrá visto alguna vez un dragón.

El señor Jenkins era el director de la escuela del pueblo, y Meg había tenido sus más y sus menos con él. Ella tenía pocas esperanzas de que al señor Jenkins le importara lo que le sucedía a Charles Wallace, o que estuviera dispuesto a interferir en lo que él denominaba: "los procedimientos normales de la democracia".

—El señor Jenkins cree en la ley de la selva —dijo ella con la boca llena—. ¿No hay dragones en la selva?

Charles Wallace terminó su vaso de leche.

—Con razón siempre repruebas estudios sociales. Come el sándwich y déjate de evasivas. Vamos afuera y comprobemos si todavía están allí.

Cruzaron el césped seguidos por Fortinbras, el negro y grande perro, casi labrador, que olía y olfateaba alegremente en los enmohecidos restos otoñales del sembradío de ruibarbo. Meg tropezó con un aro de alambre del juego de croquet y emitió un gruñido molesto, sobre todo para sí misma, debido a que ella había recogido los aros y mazos después del último partido, y había olvidado éste. Un arbusto bajo de bayas separaba el campo de croquet del huerto de Sandy y Dennys. Fortinbras saltó sobre el arbusto, y Meg le gritó automáticamente:

—En el huerto no, Fort —y el enorme perro se echó hacia atrás, entre las hileras de col y brócoli. Los gemelos estaban muy orgullosos de su producción de verduras, que vendían por todo el pueblo a cambio de su paga semanal.

—Un dragón podría hacer un verdadero desastre en este jardín —dijo Charles Wallace, y condujo a Meg a través de las hileras de verduras—. Creo que se dio cuenta de ello, porque de repente, es como si él ya no estuviera aquí.

—¿Qué quieres decir con que es como si él ya no estuviera aquí? O estaba, o no estaba.

—Estaba aquí, y luego cuando fui a mirar más de cerca, ya no estaba. Pero lo seguí, aunque en realidad no podía hacerlo, porque era mucho más rápido que yo, así que sólo logré recorrer el lugar donde él había estado. Y después se desplazó a las grandes rocas glaciares de los pastizales del norte.

Meg observaba el jardín con el ceño fruncido. Charles Wallace nunca había sonado tan inverosímil como ahora.

El chico dijo:

—Vamos —y pasó por las altas gavillas de maíz, a las que sólo le quedaban algunas mazorcas marchitas. Más allá del maíz, los girasoles atrapaban los rayos oblicuos del sol de la tarde, con sus rostros dorados que reflejaban su fulgor.

—Charles, ¿estás bien? —preguntó Meg. No era propio de Charles que perdiera el contacto con la realidad. Entonces se dio cuenta que él estaba jadeando, como si hubiera estado corriendo, aunque ni siquiera habían caminado rápidamente. Su rostro estaba pálido, con la frente perlada de sudor, como si hubiera realizado un esfuerzo desmedido.

No le gustaba el aspecto que mostraba, por lo que volvió a recapitular acerca de la improbable historia de los dragones, abriéndose paso alrededor de las exuberantes enredaderas de calabaza.

—Charles, ¿cuándo viste esos dragones?

—Una fracción de dragones, una manada de dragones, un regimiento de dragones —jadeó Charles Wallace—. Después de llegar a casa de la escuela. Mamá estaba muy disgustada porque mi aspecto era un desastre. Mi nariz todavía sangraba.

—A mí también me disgusta.

—Meg, mamá piensa que hay algo más aparte de los golpes de los chicos grandotes.

—¿Qué más?

Charles Wallace subió con una torpeza y dificultad inusual por encima del bajo muro de piedra que delimitaba la huerta.

—Me estoy sofocando.

Meg dice bruscamente:

—¿Por qué? ¿Qué dijo mamá?

Charles caminó lentamente a través de la hierba alta del huerto.

—Ella no ha *dicho* palabra. Pero es algo así como un radar que parpadea hacia mí.

Meg caminó a su lado. Ella era alta para su edad, y Charles Wallace pequeño para la suya.

—Hay momentos en los que me gustaría que no tuvieras ese poder de percepción.

—No puedo evitarlo, Meg. Ni siquiera lo intento. Simplemente sucede. Madre piensa que me ocurre algo malo.

—Pero, ¿qué? —preguntó la chica, casi gritando.

Charles Wallace respondió en voz muy baja.

—No lo sé. Algo lo bastante malo para que su preocupación se reciba alta y clara. Y sé que es cierto. Sólo caminar a través de la huerta como lo hago ahora es un esfuerzo, y no debería ser así. Nunca lo ha sido antes.

—¿Cuándo empezó esto? —preguntó bruscamente Meg—. Estabas perfectamente el fin de semana pasado cuando fuimos a caminar por el bosque.

—Lo sé. He estado arrastrando una especie de cansancio durante todo el otoño, pero ha sido peor esta semana, y mucho peor hoy de lo que fue ayer. ¡Eh, Meg! Deja de culparte a ti misma por no haberte dado cuenta.

Ella estaba haciendo precisamente eso. Sentía sus manos frías por el pánico. Intentó apartar su miedo, porque Charles Wallace podía sentir lo que su hermana pensaba aún más fácilmente de lo que podía hacerlo con su madre. El niño recogió una manzana caída por el viento, la examinó en busca de gusanos, y la mordió. Su bronceado de final de verano no era suficiente para disimular su extremada palidez, ni sus ojeras. ¿Por qué ella no se había dado cuenta de esto? Porque no había querido hacerlo. Era más fácil atribuir la palidez y el letargo de Charles Wallace a sus problemas en la escuela.

—¿Entonces por qué mamá no te ha llevado al médico? Me refiero a un médico de verdad.

—Lo ha hecho.

—¿Cuándo?

—Hoy.

—¿Por qué no me lo dijiste antes?

—Estaba más interesado en los dragones.

—¡Charles!

—Fue antes de que llegaras a casa de la escuela. La doctora Louise vino a comer con mamá, lo hace bastante a menudo.

—Lo sé. Continúa.

—Así que cuando llegué a casa de la escuela, ella me examinó de pies a cabeza.

—¿Y qué dijo?

—No mucho. No puedo sentir lo que piensa de la manera en que lo hago con mamá. Ella es como un pajarito, que trina sin cesar, y todo el tiempo sabes que esa chispeante mente suya está pensando en otro nivel. Ella es muy buena bloqueándome. Todo lo que pude intuir fue que pensaba que mamá podría tener razón acerca, acerca de lo que sea que ella estaba pensando. Y que ella estaría en contacto.

Habían acabado de cruzar el huerto y Charles Wallace subió de nuevo sobre el muro de piedra y se quedó allí, mirando a través de unos pastos sin labrar donde había dos grandes afloramientos de roca glaciar.

—Se han ido —dijo Charles—. Mis dragones se han ido.

Meg se puso de pie en el muro junto a él. No había qué ver excepto el viento que soplaba a través de las hierbas blanqueadas por el sol, y las dos altas rocas, tornándose de color purpúreo con la luz del atardecer otoñal.

—¿Estás seguro de que no se trataba únicamente de las rocas o las sombras o algo así?

—¿Acaso las rocas o las sombras parecen dragones?

—No, pero...

—Meg, estaban justo al lado de las rocas, todo un grupo de ellos juntos, alas; parecía que hubiera cientos de alas, y ojos que se abrían y cerraban entre las alas, y humo y pequeños chorros de fuego, y yo les advertí que no prendieran fuego a los pastos.

—¿Cómo les hiciste la advertencia?

—Hablé con ellos. En voz alta. Y las llamas se detuvieron.

—¿Te acercaste?

—No parecía prudente. Me quedé aquí, en el muro y observé durante un largo rato. Siguieron plegando y desplegando las alas, como si estuvieran guiñando todos esos ojos hacia mí, y a continuación, todos parecieron amontonarse para irse a dormir, así que me fui a casa a esperar que llegaras. ¡Meg! No me crees.

Ella le preguntó como si nada:

—Bueno, ¿y adónde se han ido?

—Tú nunca habías dudado de mí antes.

Ella dijo con tiento:

—No es que no te crea —de una forma extraña sí le creía. Quizá no, que hubiera visto dragones reales, pero Charles Wallace nunca antes había tendido a mezclar realidad y fantasía. Nunca antes había separado la realidad y la ilusión de una manera tan marcada. Ella lo miró, vio que llevaba puesta una sudadera sobre su camisa sucia. Ella se rodeó a sí misma con los brazos, se estremeció, y dijo, a pesar de que el tiempo era bastante cálido—. Me parece que regresaré a casa por un suéter. Espera aquí. No tardaré. Si los dragones regresan...

—Creo que lo harán.

—Entonces retenlos hasta que regrese. Seré tan rápida como pueda.

Charles Wallace la miró circunspecto:

—No creo que mamá quiera ser interrumpida en este momento.

—No voy a interrumpirla. Sólo voy por un suéter.

—Está bien, Meg —suspiró Charles.

Ella lo dejó sentado contra la pared, observando los dos grandes afloramientos de rocas, a la espera de los dragones, o lo que fuera que pensaba que había visto. Está bien, él sabía que quería regresar a casa para hablar con su madre, pero mientras ella no lo admitiera en voz alta, le daba al menos un poco la sensación de mantener alejada su preocupación por él.

Meg irrumpió en el laboratorio.

Su madre estaba sentada en un taburete alto de laboratorio, sin mirar por el microscopio que tenía frente a ella, sin escribir en su cuaderno de notas, que descansaba sobre su rodilla, simplemente estaba sentada en actitud pensativa.

—¿Qué pasa, Meg?

Ella quería desembuchar la charla de Charles Wallace acerca de los dragones, y de que él nunca antes había tenido ideas delirantes, pero ya que el mismo Charles Wallace no se lo había mencionado a su madre, a la chica le parecía una traición hacerlo a sus espaldas, aunque el silencio de su hermano acerca de los dragones podía haber sido debido a la presencia de la doctora Louise.

Su madre repitió con cierta impaciencia:

—¿Qué pasa, Meg?

—¿Qué le sucede a Charles Wallace?

La señora Murry puso su cuaderno sobre el mostrador del laboratorio junto al microscopio.

—Hoy ha tenido otra vez algunos problemas con los chicos grandes de la escuela.

—No me refería a eso.

—¿A qué te referías, Meg?

—Me dijo que la doctora Colubra vino a verlo hoy.

—Louise vino aquí para el almuerzo, así que pensó que podría echarle un vistazo a Charles.

—¿Y?

—¿Y qué, Meg?

—¿Qué le sucede?

—No lo sabemos, Meg. En cualquier caso, todavía no.

—Charles dice que estás preocupada por él.

—Así es. ¿Tú no?

—Sí. Pero pensé que todo se debía a la escuela. Y ahora creo que no es así. Comenzó a jadear simplemente al caminar a través de la huerta. Y está demasiado pálido. E imagina cosas. Y su aspecto… No me gusta el aspecto que tiene.

—A mí tampoco.

—¿Pero qué es? ¿Qué es lo que anda mal? ¿Es un virus o algo así?

La señora Murry vaciló:

—No estoy segura.

—Madre, por favor, si le sucede algo realmente malo a Charles, soy lo suficientemente mayor para saberlo.

—No sé si le sucede algo malo o no. Tampoco Louise. Cuando sepamos algo definitivo, te lo diré. Lo prometo.

—¿No me estás ocultando algo?

—Meg, no sirve hablar de algo de lo cual no estoy segura. Debería saberlo en pocos días.

Meg se frotó las manos con nerviosismo.

—En verdad estás preocupada.

La señora Murry sonrió.

—Las madres tienden a estarlo. ¿Dónde está él ahora?

—¡Oh! Lo dejé en el muro de piedra, le dije que venía por un suéter. Tengo que correr de vuelta o pensará... —y así, sin terminar la frase, salió precipitadamente del laboratorio, agarró un suéter de uno de los ganchos de la despensa, y corrió a través del césped.

Cuando llegó hasta donde se encontraba Charles Wallace, él seguía sentado, tal y como lo había dejado. No había señal alguna de los dragones.

En realidad, no había esperado que las hubiera. Sin embargo, se sintió decepcionada, su ansiedad sobre Charles aumentó sutilmente.

—¿Qué dijo mamá? —preguntó él.

—Nada.

Sus grandes ojos azules se quedaron mirándola profundamente.

—¿No mencionó algo acerca de mitocondrias? ¿O farandolas?

—¿Eh? ¿Por qué habría de hacerlo?

Charles Wallace dio una patada contra la pared con la suela de goma de sus zapatos, miró a Meg, y no respondió. Meg insitió:

—¿Por qué habría mamá de mencionar las mitocondrias? ¿No fue eso, hablando del tema, lo que te causó problemas en tu primer día de escuela?

—Estoy muy interesado en ellas. Y en los dragones. Siento que no hayan vuelto todavía —estaba cambiando de tema de forma muy clara—. Vamos a esperarlos un poco más. Prefiero enfrentarme en cualquier momento contra unos dragones que con los chicos en el patio de la escuela. Gracias por ir a ver al señor Jenkins de mi parte, Meg.

Se suponía que eso iba a ser un secreto profundo y oscuro.

—¿Cómo lo supiste?

—Lo supe.

Meg se encogió de hombros.

—No es que haya servido de algo —tampoco había tenido muchas esperanzas de que fuera a serlo. El señor Jenkins había sido, durante varios años, el director de la escuela más grande de la región. Cuando fue trasladado, desde ese mes de septiembre, a la pequeña escuela del pueblo, la versión oficial era que la escuela necesitaba una mejora y que el señor Jenkins era el único capaz de hacer dicho trabajo. Pero el rumor que corría era que no había sido capaz de controlar a los elementos más salvajes de la escuela. Meg tenía sus dudas acerca de si podía o no controlar a cualquiera, en cualquier lugar. Y estaba completamente convencida de que no iba a entender ni a apreciar a Charles Wallace.

La mañana en la que Charles Wallace comenzó su primer curso, Meg estaba mucho más nerviosa que él. Ella no era capaz de concentrarse durante sus últimas clases, y cuando por fin la escuela hubo terminado y subió la colina en dirección a su casa y lo encontró con el labio superior hinchado y sangrando, y un rasguño en la mejilla, se apoderó de ella un sentimiento de inevitabilidad combinado con una encendida rabia. Charles Wallace siempre había sido visto por la gente del pueblo como un niño peculiar, y probablemente más que eso. Meg, al recoger las cartas en la oficina de correos, o cuando iba por huevos a la tienda, escuchaba fragmentos de conversaciones tales como éstas: "El pequeño de los Murry es un niño extraño". "He oído que las personas inteligentes a menudo tienen hijos retrasados". "Dicen que ni siquiera sabe hablar".

Habría sido más fácil si Charles Wallace fuera realmente estúpido. Pero no lo era, y tampoco era muy bueno fingiendo que no sabía más que los otros de su clase de seis años de edad. Su propio vocabulario estaba en contra de él; de hecho, no había comenzado a hablar hasta una edad avanzada, pero a partir de ese momento lo hacía por medio de oraciones completas, sin ninguno de los preliminares de los bebés. Frente a los extraños aún rara vez emitía una palabra, razón por la cual pensaban que era mudo; y de repente allí estaba, en primer curso y hablando igual que sus padres, o su hermana. Sandy y Dennys se llevaban bien con todo el mundo. No era sorprendente que Charles estuviera resentido; todo el mundo esperaba que fuera retrasado, y sin embargo hablaba como un diccionario.

—Atención, niños —la maestra de primer curso exhibió una brillante sonrisa al grupo de nuevos alumnos de primer grado que la contemplaban esa primera mañana—. Quiero que cada uno de ustedes me diga algo acerca de ustedes mismos —miró su lista—. Vamos a empezar con Mary Agnes. ¿Quién es Mary Agnes?

Una niña pequeña a la que le faltaba un diente en la parte superior de la boca, y que tenía el pelo de color rojo pajizo recogido fuertemente en coletas, anunció que vivía en una granja y que tenía sus propios pollos; esa mañana habían puesto diecisiete huevos.

—Muy *bien*, Mary Agnes. Ahora, veamos, ¿qué hay de ti, Richard, te apodan Dicky?

Un niño pequeño y rechoncho se puso en pie, balanceándose y sonriendo.

—¿Y *tú* qué puedes contarnos?

—Los niños no son como las niñas —repuso Dicky—. Los niños están hechos de forma diferente, ¿lo ve?, como...

—Está *bien*, Dicky, muy bien. Aprenderemos más sobre este tema en otro momento. A ver, Albertina, presumo que tú nos dirás algo.

Albertina estaba repitiendo primero. Se puso en pie, era como mínimo una cabeza más alta que el resto, y proclamó con orgullo:

—Nuestros cuerpos están hechos de huesos y pellejos y músculos y células sanguíneas y cosas por el estilo.

—Muy *bien*, Albertina. No es estupendo, ¿alumnos? Veo que tendremos un grupo de verdaderos científicos este año. Aplaudamos a Albertina, ¿de acuerdo? Y bien, hum —bajó la mirada de nuevo a su lista—, Charles Wallace. ¿Te apodan Charlie?

—No —repuso él—. Charles Wallace, por favor.

—Tus padres son científicos, ¿verdad? —no esperó una respuesta—. Veamos lo que puedes contarnos.

Charles Wallace ("¡Tenías que habértelo pensado mejor! Lo regañó esa noche Meg.") se puso en pie y dijo:

—En este momento estoy interesado en las farandolas y las mitocondrias.

—¿Qué dijiste, Charles? ¿Las fara... qué?

—Las mitocondrias y las farandolas provienen de las *prokaryota*[1]...

—¿De *qué*?

—Bueno, miles de millones de años atrás, probablemente nadaron en lo que accidentalmente se convirtieron en nuestras células eucariotas y permanecieron allí. Tienen su propio

---

[1] Una célula sin núcleo verdadero y con material nuclear disperso a través del citoplasma. Los microorganismos procariocíticos incluyen bacterias, virus, micoplasmas, actinomicetos y algas verde-azuladas.

26

ADN y ARN, lo cual significa que son totalmente distintas de nosotros. Mantienen una relación simbiótica con nosotros, y lo más sorprendente es que somos completamente dependientes de ellas, por nuestro oxígeno.

—De acuerdo, Charles, supongamos que dejas de comportarte tontamente, y la próxima vez que pronuncie tu nombre en clase, no fanfarronees. A continuación, George, cuéntale a la clase algo...

Al final de la segunda semana de clases, Charles Wallace le hizo una visita por la tarde a Meg en su habitación del ático.

—Charles —dijo ella—, ¿puedes simplemente no decir nada de nada?

Charles Wallace, vestido con su pijama amarillo que le cubría hasta los pies, sus heridas frescas cubiertas con banditas, su pequeña nariz hinchada y roja, yacía a los pies de la gran cama de bronce de Meg, con su cabeza apoyada en la improvisada almohada en la que se había convertido el negro y brillante cuerpo del perro, Fortinbras. La voz del niño sonaba débil y aletargada, aunque ella no dio se cuenta de esto en aquel momento.

—No funciona. Nada funciona. Si no hablo, me pongo de mal humor. Si hablo, digo algo incorrecto. Me he terminado el libro de texto, y la maestra me dijo que tú debes haberme ayudado, pero me lo sé de memoria.

Meg, rodeando sus rodillas con los brazos, miró hacia abajo al niño y al perro; a Fortinbras le estaba estrictamente prohibido subirse a las camas, pero esta regla era ignorada en el ático.

—¿Pero por qué no te pasan a segundo grado?

—Eso sería aún peor. Son mucho más grandes que yo.

Sí... Ella sabía que era cierto.

De modo que la chica decidió ir a ver al señor Jenkins. Se montó en el autobús de la escuela como de costumbre a las siete en punto, a la gris y poco atrayente luz de una mañana temprana con nubarrones procedentes del noreste. El autobús de la escuela primaria, que no tenía que ir para nada tan lejos, salía una hora más tarde. Cuando el autobús de Meg hizo su primera parada en el pueblo ella se bajó, y luego caminó los tres kilómetros que la separaban hasta la escuela primaria. Era un edificio antiguo y poco apropiado para ser una escuela, pintado del color rojo tradicional, abarrotado de alumnos pero escaso de personal. Sin duda, era necesaria una mejora, y los impuestos habían subido para financiar la nueva escuela.

Ella se deslizó por la puerta lateral, que el conserje abría temprano. Podía oír el zumbido de su enceradora de suelo eléctrica en el vestíbulo de entrada, cerca de las puertas que aún seguían cerradas, y al amparo de su atareado sonido, ella corrió por el pasillo y se precipitó en un pequeño cuarto de limpieza y se inclinó, demasiado ruidosamente para estar cómoda, contra las colgantes escobas y trapeadores secos. El armario olía a humedad y polvo pero esperaba poder impedir el estornudo hasta que el señor Jenkins estuviera en su oficina y su secretaria le hubiera llevado su habitual taza de café. Ella cambió de posición y se apoyó en la esquina, donde podía ver la parte superior de cristal de la puerta de la oficina del señor Jenkins a través de la estrecha grieta.

Tenía la nariz congestionada y empezaba a sentir calambres en las piernas cuando la luz de la oficina, finalmente, se encendió. Luego esperó durante lo que pareció todo el día, pero en realidad fue como media hora, mientras escuchaba el chirriar de los tacones de la secretaria en el piso de azulejo pulido, después el rugido de los niños que entraban a la escuela cuando las puertas fueron abiertas. Pensó en Charles Wallace siendo empujado por la gran marea de niños, en su mayoría mucho más grandes que él.

—Es como la muchedumbre tras Julio César, pensó —sólo que Charles no se parece mucho al César. Pero apuesto a que la vida era más simple cuando las Galias estaban divididas en tres.

La campana restalló, indicando el inicio de las clases. La secretaria hacía chirriar nuevamente sus tacones en el pasillo. Debía llevar el café del señor Jenkins. Los zapatos de tacón alto retrocedieron. Meg esperó lo que ella calculó como cinco minutos, y entonces apareció, presionando su dedo índice contra el labio superior para sofocar un estornudo. Cruzó el pasillo y llamó a la puerta del señor Jenkins, al mismo tiempo que el estornudo eclosionó, de una forma u otra.

Parecía sorprendido de verla, y con razón, y no del todo contento, aunque sus palabras exactas fueron:

—¿Puedo preguntar a qué debo el placer?

—Necesito hablar con usted, por favor, señor Jenkins.

—¿Por qué no estás en la escuela?

—Lo estoy. En esta escuela.

—Te ruego que no seas grosera, Meg. Veo que no has cambiado ni un ápice durante el verano. Tenía la esperanza de que no serías uno de mis problemas este año. ¿Has informado a alguien de tu paradero? —la luz de la mañana se reflejaba en sus gafas, ocultando sus ojos. Meg empujó sus propias gafas hacia la parte superior de la nariz, pero no podía descifrar su expresión; como de costumbre, pensó la chica, parecía como si el director hubiera olido algo desagradable.

Él emitió un resuello:

—Tendré que pedirle a mi secretaria que te lleve a la escuela. Eso significará la pérdida de sus servicios durante la mitad del día.

—Pediré que alguien me lleve, gracias.

—¿Para agravar un delito menor con otro? En este Estado, esperar en la carretera a que alguien te lleve es contrario a la ley.

—Señor Jenkins, no he venido a hablar con usted acerca de la legislación, he venido a hablar con usted acerca de Charles Wallace.

—No me agrada tu intromisión, Margaret.

—Los chicos mayores le intimidan continuamente. Realmente le harán daño si usted no lo impide.

—Si alguien no está satisfecho con mi manejo de la situación y desea discutir conmigo, creo que deben ser tus padres.

Meg trató de controlarse a sí misma, pero su voz se alzó con una rabia frustrada.

—Tal vez sean más inteligentes que yo y sepan que no cambiará las cosas. Oh, por favor, por favor, señor Jenkins, sé que la gente piensa que Charles Wallace no es muy listo, pero es realmente…

Él interrumpió sus palabras:

—Hemos llevado a cabo pruebas de inteligencia en todos los alumnos de primer grado. El coeficiente intelectual de tu hermano pequeño es bastante satisfactorio.

—Usted sabe que es más que eso, señor Jenkins. Mis padres también le han realizado pruebas, todo tipo de pruebas. Su coeficiente intelectual es tan alto que es incalificable según los parámetros normales.

—Sus resultados no dan ninguna indicación de esto.

—¿No entiende que está tratando de contenerse para que los chicos no lo golpeen? Él no los entiende y ellos no lo entienden a él. ¿Cuántos niños de primer grado conoce que sepan acerca de las farandolas?

—No sé de lo que estás hablando, Margaret. Yo sólo sé que Charles Wallace no me parece muy saludable.

—¡Está perfectamente bien!

—Está extremadamente pálido, y tiene unas grandes ojeras.

—¿Qué aspecto tendría *usted* si la gente lo golpeara en la nariz y le amoratara los ojos únicamente porque usted sabe más que ellos?

—Si es tan brillante —miró fríamente el señor Jenkins a la chica a través de las lentes de aumento de sus gafas—, ¿me pregunto por qué tus padres se molestan en enviarlo a la escuela?

—Si no existiera una ley al respecto, es probable que no lo hicieran.

Ahora, en pie junto a Charles Wallace en el muro de piedra, mirando a las dos rocas glaciares donde no había dragones al acecho, Meg recordó las palabras del señor Jenkins sobre la palidez de Charles Wallace, y se estremeció.

Charles preguntó:

—¿Por qué la gente siempre desconfía de personas que son diferentes? ¿Realmente soy tan diferente?

Meg, moviendo la punta de la lengua por los dientes que hacía poco tiempo que habían perdido su aparato de ortodoncia, lo miró con afecto y tristeza.

—Oh, Charles, no lo sé. Soy tu hermana. Te conozco desde que naciste. Estoy demasiado cerca de ti para saberlo —se

sentó en el muro de piedra, primero examinando cuidadosamente las rocas: una grande, dócil y completamente ino-
fensiva serpiente negra vivía en el muro de piedra. Era una
mascota especial de los gemelos, y ellos la habían visto crecer
desde que era una pequeña culebrilla, hasta su floreciente
tamaño actual. Le pusieron por nombre Louise, en honor a
la doctora Louise Colubra, debido a que los gemelos habían
aprendido el latín suficiente para tomar provecho de su extraño apellido.

—Doctora Serpiente —había dicho Dennys—. ¡Qué bicho
más raro!

—Es un nombre bonito —dijo Sandy—. Llamaremos a
nuestra serpiente en su honor. Louise la Más Grande.

—¿Por qué la más grande?

—¿Por qué no?

—¿Tiene que ser más grande que cualquier otra cosa?

—Ella lo es.

—Evidentemente no es más grande que la doctora Louise.
Dennys se enfureció:

—Louise la Más Grande es muy grande para una serpiente
que vive en la pared de un jardín, y la doctora Louise es una doctora muy pequeña, quiero decir, que ella es una persona pequeña. Supongo que como doctora debe ser bastante descomunal.

—Bueno, los médicos no tienen que ser de ningún tamaño
específico. Pero tienes razón, Den, ella es pequeña. Y nuestra
serpiente es grande —los gemelos rara vez estaban de acuerdo sobre cualquier cosa durante mucho tiempo.

—El único problema es que ella se parece más a un pájaro
que a una serpiente.

—¿Acaso las serpientes y las aves, tiempo atrás en la evo-
lución de las especies, no provienen originalmente del mismo

phylum,[2] o como se llame? De todos modos, Louise es un muy buen nombre para nuestra serpiente.

Afortunadamente, a la doctora Louise esta cuestión le divertía enormemente. Las serpientes son criaturas mal entendidas, le dijo a los gemelos, y ella tenía ahora el honor de que un ejemplar tan espléndido llevara su nombre. Y las serpientes, añadió ella, estaban en el caduceo, que es el emblema de los médicos, así que todo era de lo más apropiado.

Louise la Más Grande había crecido considerablemente desde su bautismo, y Meg, aunque no tenía mucho miedo de ella, siempre tuvo cuidado de localizar a Louise antes de sentarse. Louise, en este momento, no estaba en ningún lugar que pudiera verse, por lo que Meg se relajó y volvió de nuevo a sus pensamientos sobre Charles Wallace.

—Eres mucho más brillante que los gemelos, pero los gemelos están lejos de ser tontos. ¿Cómo se las arreglan *ellos*?

Charles Wallace dijo:

—Me gustaría que me lo dijeran.

—Ellos no hablan en la escuela de la manera que lo hacen en casa.

—Pensé que si yo estaba interesado en las mitocondrias y las farandolas, otras personas también podrían estarlo.

—Te equivocaste.

—*Estoy* realmente interesado en ese tema. ¿Por qué resulta tan peculiar?

—Supongo que no es tan peculiar para el hijo de un físico y una bióloga.

---

[2] Filo: categoría taxonómica fundamental de la clasificación biológica que agrupa a los organismos de ascendencia común y que responden a un mismo modelo de organización, como los moluscos, los cordados o los anélidos.

—La mayoría de las personas no lo están. Interesadas, quiero decir.

—Tampoco son hijos de dos científicos. Nuestros padres nos proporcionan toda clase de inconvenientes. Nunca seré tan hermosa como mamá.

Charles Wallace estaba cansado de reconfortar a Meg.

—Y lo más increíble de las farandolas es su tamaño.

Meg estaba pensando en su cabello, su corriente color marrón de un ratón de campo, al contrario que los bucles cobrizos de su madre.

—¿Y por qué es tan increíble?

—Son tan pequeñas que lo único que se puede hacer es postular sobre ellas; incluso los más poderosos microscopios microelectrónicos no pueden mostrarlos. Pero son vitales para nosotros: nos moriríamos si no tuviéramos farandolas. Pero nadie en la escuela está ni remotamente interesado. Nuestra maestra tiene la mente de un saltamontes. Como tú decías, no es una ventaja tener padres famosos.

—Si no fueran famosos —apuesto a que todo el mundo sabe cuándo llaman desde Los Ángeles, o cuando papá hace un viaje a la Casa Blanca—, también lo estarían ellos. Todos nosotros somos diferentes, nuestra familia. A excepción de los gemelos. Tal vez porque son normales. O porque saben cómo actuar. Pero entonces me pregunto qué es o qué no es lo normal, en cualquier caso. ¿Por qué estás tan interesado en las farandolas?

—Mamá está trabajando en ellas.

—Ella ha trabajado en un montón de cosas y nunca has estado tan interesado.

—Si ella demuestra realmente su existencia, probablemente gane el Premio Nobel.

—¿Y qué? Eso no es lo que te fascina del tema.

—Meg, si algo le sucede a nuestras farandolas, ¿cómo decirlo?, sería desastroso.

—¿Por qué? —Meg se estremeció, de repente sintió frío, y se abotonó el suéter. Las nubes pasaban rápidamente a través del cielo, y con ellas un viento creciente.

—Mencioné las mitocondrias, ¿verdad?

—Así es. ¿Qué sucede con ellas?

—Las mitocondrias son organismos diminutos que viven en nuestras células. Eso te da una idea de lo pequeñas que son, ¿verdad?

—Suficiente.

—Un ser humano es un mundo entero para una mitocondria, de igual manera que nuestro planeta lo es para nosotros. Pero nosotros somos mucho más dependientes de nuestras mitocondrias de lo que la Tierra lo es de nosotros. La Tierra podría funcionar perfectamente bien sin las personas, pero si algo les sucediera a nuestras mitocondrias, nosotros moriríamos.

—¿Por qué habría de sucederles algo a ellas?

Charles Wallace se encogió ligeramente de hombros. Con el oscurecimiento de la luz tenía un aspecto muy pálido.

—La gente sufre accidentes. O enfermedades. Las cosas pueden sucederle a cualquiera. Pero lo que he logrado entender de los estudios de mamá es que la mayoría de las mitocondrias tienen algún tipo de problema debido a sus farandolas.

—¿Realmente mamá te ha contado todo eso?

—Una parte de ello. El resto simplemente lo he "recogido" yo.

Charles Wallace recogía cosas de la mente de su madre, de la mente de Meg, como otro niño podría recoger margaritas del campo.

—¿Entonces, qué son las farandolas? —ella cambió de posición sobre las duras rocas del muro.

—Las farandolas viven en una mitocondria más o menos de la misma manera en la que una mitocondria vive en una célula humana. Son genéticamente independientes de sus mitocondrias, al igual que las mitocondrias lo son de nosotros. Pero si algo le pasa a la farandola que vive en una mitocondria, la mitocondria se... se enferma. Y probablemente muere.

Una hoja seca se desprendió del tallo y pasó más allá de la mejilla de Meg.

—¿Por qué habría de sucederles algo a ellas? —repitió la chica.

Charles Wallace repitió también:

—La gente sufre accidentes, ¿no es así? Y enfermedades. Y la gente se mata entre sí en las guerras.

—Sí, pero así es la gente. ¿Por qué sigues dándole vuelta a este tema de las mitocondrias y las farandolas?

—Meg, mamá ha estado trabajando en su laboratorio, noche y día, casi literalmente, durante varias semanas. ¿Te has dado cuenta de ello?

—Ella lo hace a menudo cuando está ocupada con algo importante.

—Ella está ocupada con las farandolas. Cree que ha probado su existencia mediante el estudio de algunas mitocondrias, mitocondrias que están muriendo.

—No estás hablando de todas estas cosas en la escuela, ¿verdad?

—Aprendo algunas cosas, Meg. En realidad, no me estás escuchando.

—Estoy preocupada por ti.

—Entonces *escucha*. La razón por la cual mamá ha estado en su laboratorio tanto tiempo tratando de hallar el efecto de las farandolas en las mitocondrias es que piensa que a mis mitocondrias les sucede algo malo.

—¿Qué? —Meg saltó de la pared de piedra y se volteó para mirar a su hermano.

Él habló en voz muy baja, por lo que ella tuvo que agacharse para escuchar.

—Si mis mitocondrias enferman, entonces yo también enfermo.

Todo el miedo que Meg había estado tratando de contener amenazaba con desencadenarse.

—¿Qué tan serio es? ¿Mamá puede darte algo para combatirlo?

—No lo sé. Ella no quiere hablar conmigo. Sólo estoy conjeturando. Está tratando de dejarme fuera hasta que sepa algo más, y sólo puedo ver a través de las grietas. Tal vez no sea realmente serio. Tal vez sea todo el tema de la escuela; realmente me golpean o derriban casi todos los días. Es suficiente para hacerme sentir, ¡eh, mira a Louise!

Meg se volvió, siguiendo su mirada. Louise la Más Grande se deslizaba a lo largo de las piedras del muro hacia ellos, moviéndose rápidamente, sinuosamente, sus curvas negras brillaban purpúreas y plateadas en la luz otoñal. Meg gritó:

—¡Charles, rápido!

Él no se movió.

—¡No nos hará daño!

—¡Charles, corre! ¡Va a atacarnos!

Pero Louise detuvo su avance a pocos centímetros de Charles Wallace, y se alzó, desenrollándose hasta que se irguió, apenas apoyada en la última parte de su largo cuerpo, totalmente estirada y mirando a su alrededor con expectación.

Charles Wallace dijo:

—Hay alguien cercano. Alguien que Louise conoce.

—¿Los... los dragones?

—No lo sé. No puedo ver nada. Silencio, déjame sentirlo —cerró los ojos, no para excluir a Louise, ni para excluir a Meg, sino con el fin de ver con su ojo interior—. Los dragones —creo—, y un hombre, pero más que un hombre, muy alto y... —al abrir los ojos, señaló hacia las sombras, donde los árboles se apiñaban en un gran macizo—. ¡Mira!

Meg creyó ver una tenue forma gigante moviéndose hacia ellos, pero antes de que pudiera estar segura, Fortinbras llegó al galope a través de la huerta, ladrando incontroladamente. No era su ladrido de enojo, sino el ruidoso ladrido anunciador con el que saludaba a los padres de los chicos cuando habían estado fuera. Luego, con su pesada cola negra levantada detrás de él, y con su nariz señalando y estremeciéndose, él acechó toda la extensión de la huerta, saltó el muro hacia los pastizales del norte, y corrió, olfateando todavía, hacia una de las grandes rocas glaciares.

Charles Wallace, jadeante por el esfuerzo, lo siguió.

—¡Se dirige al lugar donde estaban mis dragones! ¡Vamos, Meg, tal vez haya encontrado sus *fewmets!*[3]

Ella corrió tras el niño y el perro.

---

[3] Éste es un término en inglés medieval con el que se hacía referencia a las heces de un animal, por medio de las cuales el cazador podía seguir su rastro. En la literatura de fantasía, son las deposiciones de los dragones u otras criaturas míticas.

—¿Cómo reconocerás las heces de dragón? Probablemente sean como estiércol de vaca de tamaño gigantesco.

Charles Wallace tenía las manos apoyadas en las rodillas.

—¡Mira!

En el musgo que había alrededor de la roca había un pequeño montículo de plumas. No parecían plumas de aves. Eran, al mismo tiempo, extraordinariamente suaves y brillantes; y entre las plumas había trozos refulgentes, plateados y dorados, de escamas en forma de hoja, que, pensó Meg, bien podrían pertenecer a los dragones.

—¡Lo ves Meg! ¡Estuvieron aquí! ¡Mis dragones estuvieron aquí!

DOS

Una grieta en el espacio

Cuando Meg y Charles Wallace regresaron a casa, en silencio, cada uno de ellos cavilando extraños y nuevos pensamientos, el atardecer se movía con el viento. Los gemelos los estaban esperando, y querían que Charles Wallace saliera en los últimos momentos de luz para jugar a lanzar la pelota.

—Ya está muy oscuro —dijo Charles Wallace.

—Todavía tenemos un par de minutos. Vamos, Charles. Puede que seas muy inteligente, pero eres lento jugando a la pelota. Yo podía lanzar cuando tenía seis años, y tú ni siquiera puedes atrapar la pelota.

Dennys palmeó en la espalda a Charles, aunque era más como un golpe.

—Está mejorando. Vamos, sólo nos quedan unos pocos minutos.

Charles Wallace negó con la cabeza. No alegó malestar; él dijo simplemente, con firmeza:

—Esta noche no.

Meg dejó a los gemelos discutiendo con él y entró en la cocina. La señora Murry estaba saliendo del laboratorio, y su mente todavía seguía rumiando. Miró vagamente en el interior del refrigerador.

Meg se enfrentó a ella:

—Mamá, Charles Wallace cree que le ocurre algo malo a sus mitocondrias o farandolas o algo así.

La señora Murry cerró la puerta del refrigerador.

—A veces Charles Wallace piensa demasiado.

—¿Qué piensa de ello la doctora Colubra? ¿Sobre estas pequeñas mitocondrias?

—Es una posibilidad. Louise cree que la cepa de la gripe este otoño, la cual ha provocado una gran cantidad de muertes, puede que no sea en absoluto gripe, sino mitocondritis.

—¿Y puede que eso sea lo que tenga Charles?

—No lo sé, Meg. Estoy tratando de averiguarlo. Cuando sepa algo, te lo diré. Ya te he dicho esto. Mientras tanto, déjame en paz.

Meg dio un paso hacia atrás y se sentó en una de las sillas del comedor. Su madre nunca hablaba de esa manera fría y cortante a sus hijos. Eso debía significar que estaba realmente preocupada.

La señora Murry se volvió hacia Meg con una sonrisa de disculpa:

—Lo siento, Megatrona. No pretendía ser cortante. Estoy en la difícil posición de saber más acerca de las posibles enfermedades de las mitocondrias que casi nadie hoy día. No esperaba tener que enfrentarme con los resultados de mi trabajo tan pronto. Y todavía no sé lo suficiente para decirte a ti, o a Louise, nada definitivo. Mientras tanto, no tiene sentido por nuestra parte que nos preocupemos, a menos que sepamos que hay una verdadera razón para ello. En este momento será mejor que nos concentremos en los problemas de Charles Wallace en la escuela.

—¿Está lo suficientemente bien para ir a la escuela?

—Eso creo. Por ahora. No quiero sacarlo de ahí hasta que no tenga que hacerlo.

—¿Por qué no?

—Tarde o temprano, él tendría que regresar, Meg, y entonces las cosas serían más difíciles. Si él pudiera conseguir superar estas primeras semanas...

—Mamá, nadie por aquí ha conocido jamás un niño de seis años de edad como Charles.

—Es extremadamente inteligente. Pero en el pasado no era inusual para un chico de doce o trece años graduarse por la Universidad de Harvard, Cambridge u Oxford.

—Hoy en día no es común. Y tú y papá, a duras penas podrían enviarlo a Harvard con seis años. De todos modos, no se trata sólo de que sea inteligente. ¿Cómo sabe lo que estamos pensando y sintiendo? No sé cuánto le has contado, pero él sabe mucho acerca de las mitocondrias y las farandolas.

—Le he dado una cantidad razonable de información.

—Él sabe más que una cantidad razonable. Y sabe que estás preocupado por él.

La señora Murry se sentó sobre uno de los taburetes altos que había a lo largo del mostrador de la cocina, la cual dividía el área de trabajo del resto del brillante comedor y habitación de estudio. Ella suspiró:

—Tienes razón, Meg. Charles Wallace no sólo posee una buena mente, también tiene unos extraordinarios poderes de intuición. Si es capaz de aprender a disciplinarlos y canalizarlos cuando crezca, si... —se interrumpió a sí misma—. Tengo que pensar en preparar la cena.

Meg sabía cuándo dejar de presionar a su madre.

—Te ayudaré. ¿Qué vamos a comer? —no mencionó los dragones de Charles Wallace. No mencionó el extraño comportamiento de Louise la Más Grande, ni la sombra de aquello que fuera que no consiguieron distinguir con la suficiente claridad.

—Oh, los espaguetis son fáciles de preparar —la señora Murry se apartó de su frente un rizo de cabello rojo cobrizo— y ricos para una noche otoñal.

—Y tenemos todos los tomates y los pimientos y otras cosas del jardín de los gemelos. Mamá, adoro a los gemelos, incluso cuando me erizan los nervios, pero Charles...

—Lo sé, Meg. Tú y Charles siempre han tenido una relación muy especial.

—Mamá, no puedo soportar lo que le está pasando en la escuela.

—Yo tampoco, Meg.

—Entonces, ¿qué hacen al respecto?

—Estamos tratando de no hacer nada. Sería fácil —de momento—, sacar a Charles de la escuela. Pensamos en ello inmediatamente, incluso antes de que él... Pero Charles Wallace tendrá que vivir en un mundo formado por personas que no piensan en absoluto de ninguna de las formas en que él lo hace, y cuanto antes empiece a aprender a llevarse bien con ellas, mejor. Ni tú ni Charles tienen la capacidad de adaptación de los gemelos.

—Charles es mucho más inteligente que los gemelos.

—Una forma de vida que no sabe adaptarse no dura mucho tiempo.

—Aun así, no me gusta.

—Ni a tu padre ni a mí, Meg. Ten paciencia. Recuerda, tú tienes una tendencia a precipitarte cuando lo mejor que puedes hacer es esperar y ser paciente.

—No soy paciente en absoluto.

—¿Eso lo dices para mi información? —la señora Murry tomó tomates, cebollas, pimientos verdes y rojos, ajos y puerros de la bandeja de verduras. Luego, comenzó a cortar la cebolla en una olla grande de hierro negro, y dijo cuidadosamente—. Tú sabes, Meg, que pasaste por un momento bastante duro en la escuela.

—No tan malo como Charles. Y no soy tan brillante como Charles, excepto quizás en matemáticas.

—Posiblemente no, aunque tiendes a subestimar tus capacidades. Adonde quiero llegar es que parece que tú, este año, estás encontrando que la escuela es medianamente soportable.

—El señor Jenkins ya no está allí. Y Calvin O'Keefe sí. Calvin es importante. Él es la estrella de baloncesto y presidente de la clase de último año y todo. A cualquiera a quien Calvin le agrade está como protegido por su... su aura.

—¿Por qué supones que le agradas a Calvin?

—Por mi belleza no, eso seguro.

—Pero le agradas, ¿no es así, Meg?

—Bueno, sí, supongo que sí, pero a Calvin le *agrada* mucha gente. Y él podría estar con cualquier chica de la escuela si quisiera.

—Pero te eligió a ti, ¿verdad?

Meg sintió que se ruborizaba. Se llevó las manos a las mejillas.

—Bueno. Sí. Pero es diferente. Se debe a algunas de las cosas por las que hemos pasado juntos. Y somos amigos-amigos, quiero decir que no somos como la mayoría de los otros chicos.

—Estoy contenta de que sean *amigos-amigos*. Le he tomado un gran afecto a ese flacucho, cabeza de zanahoria.

Meg rio.

—Creo que Calvin te confunde con Palas Atenea. Eres su ideal absoluto. Y le agradamos todos nosotros. Su propia familia es sin duda un desastre. Realmente creo que le agrado sólo debido a nuestra familia.

La señora Murry suspiró.

—Deja de ser condescendiente contigo misma, Meg.

—Tal vez por lo menos pueda aprender a cocinar tan bien como lo haces tú. ¿Sabías que fue Whippy, uno de los hermanos de Calvin, quien golpeó a Charles Wallace hoy? Apuesto a que está molesto, no me refiero a Whippy, a él no podría importarle menos, sino a Calvin. Alguien debió decírselo.

—¿Quieres llamarlo?

—No. Sólo tengo que esperar. Tal vez venga o algo así —ella suspiró—. Me gustaría que la vida no fuera tan complicada. ¿Crees que algún día yo pueda tener un doble doctorado como tú, mamá?

La señora Murry levantó la vista de los pimientos cortados en rodajas, y rio.

—En realidad no es la respuesta a todos los problemas. Hay otras soluciones. En este momento estoy más interesada en saber si he puesto o no demasiados pimientos en la salsa de los espaguetis. He perdido la cuenta.

Ellos simplemente se sentaron a cenar cuando el señor Murry llamó por teléfono para decirles que iba a ir directamente desde Washington a Brookhaven donde se quedaría una semana. Estos viajes no eran inusuales para sus padres, pero en este momento todo lo que distanciara, ya fuera a su padre o a su madre, a Meg le afectaba como si fuera algo siniestro. Sin mucha convicción, dijo:

—Espero que se divierta. A él le agrada mucha de la gente de allí —pero sintió una nerviosa dependencia por tener a sus padres en casa por las noches. No era debido sólo a sus temores por Charles Wallace; de repente todo el mundo parecía inseguro e incierto. Varias casas cercanas habían sido asaltadas durante ese otoño, y aunque nada de gran valor había sido robado, los cajones habían sido vaciados con despreocupada malicia, la comida arrojada en los pisos de las habitaciones, y la tapicería había sido arrancada. Incluso su pequeño y seguro pueblo se estaba convirtiendo en un lugar imprevisible, irracional y perecedero, y aunque Meg ya había comenzado a entender esto dentro de sí, nunca antes lo había sentido con todo su ser. Ahora le invadía una fría consciencia de la incertidumbre de la vida, no importara cuán cuidadosamente se planificaran las cosas, un vacío se abrió en la boca de su estómago. Tragó saliva.

Charles Wallace la miró y dijo, sin sonreír:

—Los mejores planes trazados por ratones y hombres[4]...

—... a menudo se tuercen —terminó Sandy.

—El hombre propone y Dios dispone —agregó Dennys, para no quedarse atrás.

Los gemelos tomaron sus platos para servirse más espaguetis, ninguno de los dos había perdido jamás el apetito por nada.

—¿Por qué tiene que quedarse papá una semana entera? —preguntó Sandy.

—Al fin y al cabo es su trabajo —repuso Dennys—. Mamá, creo que podrías haber puesto más pimientos en la salsa.

---

[4] Hace referencia a un poema escrito en dialecto escocés por Robert Burns en 1785.

—Ha estado fuera mucho tiempo este otoño. Debería quedarse en casa con su familia, al menos algún tiempo. Yo creo que la salsa está bien.

—Por supuesto que está bien. Es sólo que a mí me gusta un poco más condimentada.

Meg no estaba pensando en los espaguetis, aunque estaba esparciendo parmesano sobre su plato. Se preguntó qué diría su madre si Charles Wallace le hablara acerca de sus dragones. Si realmente había dragones en los pastizales del norte, o algo que se les pareciera razonablemente, ¿acaso sus padres no deberían saberlo?

Sandy dijo:

—Cuando sea mayor, seré banquero y ganaré dinero. Alguien de esta familia tiene que permanecer en el mundo real.

—No es que creamos que la ciencia no es el mundo real, mamá —dijo Dennys—, pero papá y tú no son científicos prácticos, sino científicos teóricos.

La señora Murry objetó:

—No soy absolutamente impráctica, lo sabes, Sandy, ni tampoco tu padre.

—Pasar horas y horas mirando a través del microscopio microelectrónico, y escuchando ese microsonoscopio cómo se llame, no es práctico —afirmó Sandy.

—Ustedes ven cosas que nadie más puede ver —añadió Dennys—, y escuchan cosas que nadie más puede oír, y piensan en ellas.

Meg defendió a su madre:

—Sería buena idea si más personas supieran cómo pensar. Después de que mamá piensa en algo el tiempo suficiente, ella lo pone en práctica. O alguien más lo hace.

Charles Wallace ladeó la cabeza con una mirada complacida:

—¿Algo *práctico* significa que funciona en la *práctica*?

Su madre asintió.

—Por lo tanto, no importa si mamá se sienta y piensa. O si papá pasa semanas alrededor de una ecuación. Incluso si la escribe en el mantel. Sus ecuaciones son prácticas si alguien las aplica —metió la mano en el bolsillo, como en respuesta a los pensamientos de Meg acerca de los dragones, y sacó una pluma, no una pluma de ave, sino un extraño objeto brillante que reflejaba la luz—. Muy bien, mis prácticos hermanos, ¿qué es esto?

Sandy, que se hallaba sentado al lado de Charles Wallace, se inclinó sobre la pluma de dragón.

—Una pluma.

Dennys se levantó y rodeó la mesa para poder verla.

—Déjame…

Charles Wallace sostuvo la pluma entre ambos.

—¿De qué animal es?

—¡Eh, esto es de lo más peculiar! —Sandy tocó la base de la pluma—. No creo que sea de un pájaro.

—¿Por qué no? —preguntó Charles Wallace.

—El raquis no es usual.

—¿El qué? —preguntó Meg.

—El raquis. Una parte de las plumas de las aves. Los raquis deben ser huecos, y éste es sólido, y parece ser metálico. Eh, Charles, ¿de dónde sacaste esta cosa?

Charles Wallace le entregó la pluma a su madre. Ella la miró con atención.

—Sandy tiene razón. El raquis no es como el de una pluma de pájaro.

Dennys dijo:

—Entonces qué…

Charles Wallace recuperó la pluma y la puso en su bolsillo:

—Estaba en el suelo, en las grandes rocas de los pastizales del norte. No sólo esta pluma. Sino muchas más.

Meg reprimió una risita ligeramente histérica.

—Charles y yo pensamos que pueden ser *fewmets*.

Sandy se volvió hacia ella con la dignidad herida.

—Los *fewmets* son los excrementos de dragón.

—No seas tonto —dijo Dennys—. Entonces, ¿sabes qué es, mamá?

Ella sacudió su cabeza.

—¿Qué te parece que sea, Charles?

Charles Wallace, como hacía a menudo, se ensimismó. Cuando Meg había decidido que él no iba a responder, el pequeño dijo:

—Es algo que no está en el mundo práctico de Dennys y Sandy. Cuando averigüe algo más, les informaré —sonaba muy parecido a su madre.

—Está bien, entonces —Dennys había perdido interés, y regresó a su silla—. ¿Te dijo papá por qué ha tenido que marcharse con tanta urgencia a Brookhaven, o se trata de otra de esas cosas clasificadas y supersecretas?

La señora Murry bajó la mirada hacia el mantel a cuadros, y a los restos de una ecuación que no había salido con el lavado; garabatear ecuaciones sobre cualquier cosa era una costumbre que no había podido cambiar en su marido.

—En realidad no es secreto. Ha habido mucha información al respecto en los periódicos recientemente.

—¿Sobre qué? —preguntó Sandy.

—Ha ocurrido un fenómeno inexplicable, no en nuestra parte de la galaxia, sino muy alejada de ella, y en varias otras galaxias, bueno, la forma más sencilla de explicarlo es que nuestros nuevos instrumentos sónicos supersensitivos han recogido sonidos extraños, sonidos que no se encuentran en ningún registro normal, sino mucho más agudos. Después de tal sonido, o grito cósmico, que es como la revista *Times* lo denomina de una manera sensacionalista, parece haberse creado una pequeña grieta en el espacio.

—¿Qué significa eso? —preguntó Dennys.

—Parece que varias estrellas han desaparecido.

—¿Desaparecido dónde?

—Ésa es la parte extraña. Han desaparecido. Completamente. Donde existían las estrellas, por lo que los instrumentos pueden detectar, ahora no queda nada. Su padre estuvo en California hace varias semanas, lo recuerdan, ¿verdad? En el observatorio de Monte Palomar.

—Pero las cosas no pueden desaparecer sin más —dijo Sandy—. Lo hemos estudiado en la escuela: el equilibrio de la materia.

Su madre añadió, en voz muy baja:

—Parece estar desequilibrándose.

—¿Quieres decir como la ecología?

—No. Me refiero a que la materia, en realidad, parece estar siendo aniquilada.

Dennys dijo rotundamente:

—Pero eso es imposible.

—$E = mc^2$ —dijo Sandy—. La materia puede ser convertida en energía, y la energía en materia. O tienes una cosa o tienes la otra.

La señora Murry dijo:

—Hasta el momento, la ley de Einstein nunca ha sido refutada. Pero ahora está siendo puesta en tela de juicio.

 51

—La nada —dijo Dennys—. Eso es imposible.

—Uno esperaría que así fuera.

—¿Y por eso es por lo que papá ha tenido que marcharse?

—Sí, a consultarlo con muchos otros científicos, Shasti de la India, Shen Shu de China, han oído hablar de ellos.

De fuera de las ventanas del comedor vino un brillante destello de luz repentino, seguido del sonoro estruendo de un trueno. Las ventanas temblaron. La puerta de la cocina se abrió de golpe. Todo el mundo saltó.

Meg se levantó, gimiendo nerviosa:

—Oh, mamá.

—Siéntate, Meg. Has oído truenos antes.

—¿Estás segura de que no es una de esas cosas cósmicas? Sandy cerró la puerta.

La señora Murry la reconfortó tranquilizadoramente.

—Segura. Son completamente inaudibles para el oído humano —un relámpago centelleó nuevamente. Un trueno retumbó—. De hecho, sólo hay dos instrumentos en el mundo lo suficientemente delicados para percibir ese sonido, el cual es tremendamente agudo. Y es muy posible que haya estado ocurriendo durante miles de millones de años, y sólo ahora nuestros instrumentos son capaces de registrarlos.

—Las aves pueden oír sonidos por encima de nuestra escala normal —agregó Sandy—, quiero decir, muy por encima de nuestra escala, los cuales nosotros no podemos percibir en absoluto.

—Las aves no son capaces de oír esto.

Dennys dijo:

—Me pregunto si las serpientes pueden escuchar tonos tan agudos como los pájaros.

—Las serpientes no tienen oídos —contradijo Sandy.

—¿Y qué? Sienten las vibraciones y las ondas de sonido. Creo que Louise *oye* todo tipo de cosas fuera del alcance humano. ¿Qué hay de postre?

La voz de Meg seguía estando tensa.

—Por lo general no hay tormentas eléctricas en octubre.

—Por favor, cálmate, Meg —la señora Murry comenzó a recoger la mesa—. Si te detuvieras a pensar, podrías recordar que hemos tenido una tormenta fuera de temporada cada mes del año.

Sandy dijo:

—¿Por qué Meg siempre lo exagera todo? ¿Por qué ella tiene que ser tan cósmica? ¿Qué hay de postre?

—Yo no… —comenzó a decir Meg a la defensiva, pero a continuación dio un salto cuando la lluvia comenzó a golpear contra las ventanas.

—Hay un poco de helado en el congelador —dijo la señora Murry—. Lo siento, no he estado pensando en postres.

—Se supone que Meg tiene que preparar el postre —dijo Dennys—. No esperamos pasteles o algo así, Meg, pero hasta tú puedes preparar gelatina sin equivocarte.

Charles Wallace llamó la atención de Meg, y ella cerró la boca. El chico se puso de nuevo la mano en el bolsillo de la bata, aunque esta vez no sacó la pluma, y le dirigió una pequeña sonrisa cómplice. Puede que él haya estado pensando en sus dragones, pero también ha estado escuchando con atención, tanto la conversación como la tormenta, ladeó su cabeza ligeramente.

—Mamá, esta grieta en el espacio, ¿tiene algún efecto en nuestro sistema solar?

—Eso —respondió la señora Murry— es lo que a todos nos gustaría saber.

Sandy quiso cambiar de tema con impaciencia.

—Todo es demasiado complicado para mí. Estoy seguro de que la banca es mucho más simple.

—Y más lucrativa —añadió Dennys.

Las ventanas temblaban con el viento. Los gemelos miraron a través de la oscuridad a la fulminante lluvia.

—Menos mal que hemos recogido tantas cosas del huerto antes de la cena.

—Esto es casi granizo.

Meg preguntó nerviosamente:

—¿Es peligroso ese agrietamiento del cielo, o lo que sea?

—Meg, realmente no sabemos nada al respecto. Se puede haber estado dando desde siempre, y que sólo ahora lo hayamos detectado por tener los instrumentos adecuados.

—Al igual que las farandolas —dijo Charles Wallace—. Tendemos a pensar que las cosas son nuevas porque acabamos de descubrirlas.

—Pero, ¿es algo peligroso? —repitió Meg.

—Meg, no sabemos lo suficiente todavía. Por eso es importante que tu padre y algunos de los otros físicos se reúnan para compartir sus opiniones.

—¿Pero podría ser peligroso?

—Cualquier cosa puede ser peligrosa.

Meg miró los restos de su cena. Dragones y grietas en el espacio. Louise y Fortinbras que saludan a algo grande y extraño. Charles Wallace pálido y apático. A ella no le gustaba nada de esto.

—Lavaré la vajilla —le dijo a su madre.

Arreglaron la cocina en silencio. La señora Murry había enviado a los reacios gemelos a practicar para la orquesta de la escuela, Dennys con la flauta, que tocaba bien, acompañado por

Sandy, menos hábil, con el piano. Pero era un ruido de fondo agradable y familiar, y a Meg le ayudó a relajarse. Cuando el lavavajillas comenzó a zumbar, y las ollas y sartenes estaban limpias y colgaban de sus ganchos, ella subió a su habitación del ático para hacer sus deberes escolares. Esta habitación se suponía que era su lugar privado, y hubiera sido perfecto, si no fuera por el hecho de que rara vez era muy privado: los gemelos tenían sus trenes eléctricos en la sección más grande y abierta del ático; la mesa de ping-pong estaba allí, así como todo aquello que nadie quería que estuviera en la planta baja pero que tampoco querían desechar. Aunque la habitación de Meg estaba en el otro extremo de la buhardilla, se hallaba fácilmente al alcance de los gemelos cuando necesitaban ayuda con sus matemáticas. Y Charles Wallace siempre sabía, sin que nadie se lo dijera, cuando ella estaba turbada, y subía al ático para sentarse a los pies de su cama. El único momento en el que no quería que Charles Wallace fuera, era cuando él mismo se convertía en la razón de su preocupación. Por eso no quería que él estuviera allí ahora.

La lluvia seguía salpicando su ventana, pero había disminuido la intensidad. El viento soplaba de sur a oeste; la tormenta estaba pasando y la temperatura bajaba. Su habitación estaba fría, pero no conectó el pequeño calentador eléctrico que sus padres le habían dado para aumentar el escaso calor que subía por las escaleras del ático. En lugar de eso, ella empujó a un lado sus libros y bajó las escaleras de puntillas, pisando con cuidado sobre el séptimo escalón, que no sólo crujía sino que a veces emitía un estruendo como si fuera un disparo.

Los gemelos todavía estaban ensayando. Su madre estaba en la sala de estar, frente al fuego, leyéndole a Charles Wallace, no un libro sobre trenes o animales, que es lo que a los gemelos les hubiera gustado a esa edad, sino una revista científica, en concreto, un artículo titulado "La polarizabilidad y la hiperpolarizabilidad de las moléculas pequeñas", escrito por el químico teórico, Peter Liebmann.

"¡Uf!", pensó Meg con remordimiento. "¿Este tipo de cosas son las lecturas para antes de dormir de Charles Wallace y nuestros padres esperan que vaya a primer grado y no se meta en problemas?"

Charles Wallace estaba tendido en el suelo delante del fuego, mirando las llamas, mitad escuchando, mitad melancólico, con la cabeza apoyada como de costumbre en el cuerpo de Fortinbras que hacía de almohada. A Meg le hubiera gustado llevarse a Fort con ella, pero eso significaría decirle a la familia que iba a salir. Corrió tan rápida y silenciosamente como le fue posible a través de la cocina y salió a la despensa. Cerró la puerta de la cocina a sus espaldas, lentamente, cuidadosamente, para que nadie pudiera oírla, cuando la puerta de la despensa se abrió con un portazo, y la puerta del laboratorio de su madre, a la izquierda, se cerró de golpe con una ráfaga de viento.

Se detuvo, prestó atención, esperó a que uno de los gemelos abriera la puerta de la cocina para ver lo que estaba pasando. Pero nada de eso ocurrió, salvo que el viento sopló violentamente a través de la despensa. Se estremeció, y agarró la primera prenda para la lluvia que tenía a mano, un gran poncho de plástico que pertenecía a los gemelos y que cumplía también la función de tienda de campaña ocasional para el huerto; y el impermeable amarillo de Charles Wallace. Luego tomó del gancho la linterna grande, cerró la puerta de la despensa firmemente detrás de ella y corrió por el césped, tropezando con el aro de croquet. Cojeando, cruzó el terreno cubierto por dientes de león, bardana y algodoncillo que estaba creciendo en la apertura que los gemelos habían hecho en el arbusto que separaba el campo de juego. Una vez que llegara al huerto, esperaba que ella fuera invisible para cualquiera que por casualidad mirara por la ventana. Podía imaginar la reacción de Dennys o Sandy si le preguntaban adónde iba y ella les respondiera que en busca de dragones.

¿Para qué, de hecho, había salido? ¿Y qué estaba buscando? ¿Dragones? Ambos, Fortinbras y Louise, habían visto algo, y no habían tenido miedo de ello, que había dejado un rastro de plumas y escamas. Y ese algo era probable que se sintiera poco cómodo en el pasto mojado. Si ello, o ellos, venían a buscar refugio en la casa, quería estar preparada.

No sólo para los dragones, en los cuales ella no creía del todo, a pesar de su fe en Charles Wallace y la pluma con su peculiar raquis, sino también para Louise la Más Grande. Los gemelos insistían en que Louise era una serpiente inusual, pero esta tarde fue la primera vez que Meg había visto alguna señal de que Louise fuera algo más que una feliz serpiente de jardín de una variedad común.

Meg comprobó las sombras en la pared, pero no había señal alguna de Louise, así que ella se quedó merodeando, no del todo ansiosa por cruzar el huerto de manzanos y entrar en los pastizales del norte donde estaba el afloramiento de las rocas glaciares. Durante unos minutos se quedaría en el jardín del hogar, y reuniría su valor, y se quedaría a salvo del descubrimiento: era poco probable que los gemelos salieran en la oscuridad fría y húmeda para admirar las últimas coles, o la enredadera que había dado a luz su preciado premio del tamaño de un calabacín.

El jardín limitaba al este por dos filas de girasoles que se alzaban con sus pesadas cabezas con flecos inclinados, por lo que parecían un grupo de brujas; Meg los miró nerviosamente; las gotas de lluvia caían de sus rostros con indiferencia melancólica, pero ya no desde el cielo. Hubo un rayo de luz proveniente de la Luna llena que se coló entre las delgadas nubes, y que tornaba todas las verduras en seres extraños e irreales. Las hileras abiertas donde una vez hubieron frijoles, lechugas y arbejas, desprendían un aspecto desolado; había un aire de tristeza y confusión sobre el patrón cuidadosamente planificado.

"Como todo lo demás", Meg se dirigió a las pocas restantes coliflores, "se está cayendo a pedazos. No está bien que en un país como éste, un niño pequeño no se encuentre seguro en la escuela".

Se movió lentamente a lo largo del muro del huerto. El olor fermentado de las manzanas caídas fue cortado por el viento, el cual había cambiado completamente de rumbo y estaba soplando ahora a través del jardín desde el noroeste, cortante y frío como la escarcha. Vio una sombra moverse en la pared y saltó hacia atrás: Louise la Más Grande, debía ser Louise, por lo que Meg no podía subir esa pared o cruzar el huerto para llegar a los pastizales del norte hasta estar segura de que ni Louise ni la silueta sin identificar estuvieran al acecho esperando para saltar sobre ella. Sentía sus piernas temblorosas, así que se sentó en una grande y rechoncha calabaza a esperar. El viento frío le rozó la mejilla; las mazorcas siseaban como las olas del mar. Miró a su alrededor con cautela. Se dio cuenta de que estaba mirando a través de las lentes empañadas y salpicadas por las gotas de agua que le llegaban desde los girasoles y el maíz, así que se quitó las gafas, tanteó bajo el poncho en busca de su falda, y las secó. Mejor ahora, aunque el mundo todavía le parecía un poco vacilante, como si lo viera bajo el agua.

Ella prestó atención; escuchó. En el huerto oyó el suave golpe de las manzanas al caer, el viento que agitaba los árboles, y las ramas que crujían. Miró a través de la oscuridad. Algo se movía, y se acercaba...

Las serpientes nunca salían con el frío y la oscuridad, ella lo sabía. Sin embargo...

Louise...

Sí, era la gran serpiente. Apareció de las rocas de la pared de piedra, poco a poco, con cautela, vigilante. El corazón de Meg palpitaba, aunque Louise no era una amenaza. Al menos, Louise no era una amenaza para *ella*. Pero Louise estaba esperando, y esta vez no había señal de bienvenida en su espera. Meg miraba con fascinación cómo la cabeza de la serpiente ondulaba lentamente hacia delante y hacia atrás, y entonces se estremeció al reconocer algo.

Detrás de Meg se oyó una voz:

—Margaret.

La chica se dio la vuelta.

Era el señor Jenkins. Ella lo miró perpleja.

—Tu hermano pequeño pensó que podría encontrarte aquí, Margaret —dijo él.

Sí, Charles lo adivinaría, sabría dónde estaba. Pero ¿por qué había estado hablando el señor Jenkins con Charles Wallace? El director nunca había estado en casa de los Murry, o de cualquier padre, si vamos al caso. Todos los enfrentamientos los mantenía en el seguro anonimato de su oficina. ¿Por qué habría venido a buscarla a través de la hierba mojada y el huerto todavía encharcado, en lugar de enviar por ella a uno de los gemelos?

El hombre dijo:

—Quería venir a encontrarte yo mismo, Margaret, porque siento que te debo una disculpa por mi aspereza contigo la semana pasada cuando viniste a verme —le tendió una mano, pálida bajo la luz de la Luna que fluctuaba detrás de las nubes.

Totalmente confundida, ella estiró la mano para tomar la suya, y mientras lo hacía, Louise se levantó en el muro que estaba detrás de ella, siseando y emitiendo un extraño chasquido de advertencia. Meg se volvió para mirar a la serpiente, que tenía un aspecto tan grande y desafiante como una cobra, y que siseaba con enojo a Jenkins, elevando sus grandes anillos oscuros para atacar.

El señor Jenkins emitió, de una manera que nunca antes había escuchado en un hombre, un penetrante y agudo chillido.

Entonces él se elevó en la noche como un gran pájaro, volando, gritando a través del cielo, y se convirtió en una grieta, un vacío, una rasgadura de la nada…

Meg se encontró que ella misma también estaba gritando.

No podía haber sucedido.

Allí no había nadie, nada.

Creyó ver a Louise deslizándose hacia atrás a través de un hueco oscuro en la pared de piedra, desapareciendo.

Era imposible.

Su mente había colapsado. Era una especie de alucinación causada por el clima, por su ansiedad, por el estado del mundo…

Un feo y denso olor, como a col en mal estado, como a tallos de flor que se dejan demasiado tiempo dentro del agua, se elevaba como un miasma desde el lugar donde el señor Jenkins había estado.

Pero él no podía haber estado allí.

Ella volvió a gritar, presa de un pánico incontrolable, a medida que una alta silueta se precipitaba hacia ella.

Calvin. Calvin O'Keefe.

Ella se echó a llorar histérica de alivio.

Él saltó por encima del muro, y la abrazó con sus fuertes y delgados brazos, apretados alrededor de ella.

—Meg. Meg, ¿qué sucede?

Ella no pudo controlar su llanto aterrorizado.

—Meg, ¿qué pasa? ¿Qué ha ocurrido? —la sacudió con urgencia.

Jadeando, trató de decírselo:

—Sé que suena increíble… —no pudo concluir la frase. Ella todavía temblaba violentamente, con el corazón acelerado. Cuando él no habló, pero continuó acariciándole la espalda con dulzura, ella dijo, por encima de algunos sollozos entrecortados—. Oh, Calvin, me gustaría *haberlo* imaginado. ¿Tú piensas, piensas que tal vez lo haya hecho?

—No lo sé —dijo Calvin inexpresivamente, pero continuó abrazándola fuertemente, reconfortándola.

Ahora que Calvin estaba ahí, él se haría cargo, y ella pudo soltar una risa ligeramente histérica.

—El señor Jenkins siempre dice que tengo demasiada imaginación, pero nunca ha sido *este* tipo de imaginación. Nunca he alucinado ni nada por el estilo, ¿verdad?

—No —respondió Calvin con firmeza—. No lo has hecho. ¿Qué es este terrible hedor?

—No lo sé, pero no es siquiera comparable a como era justo antes de que llegaras.

—Hace que el forraje huela a rosas. ¡Puaj!

—Calvin, Louise la Más Grande, no es la primera vez que Louise hace algo peculiar hoy.

—¿Qué?

Ella le contó lo que Louise hizo esa tarde.

—Pero entonces ella no atacó ni nada por el estilo, todavía estaba con una actitud amigable. Siempre ha sido una serpiente amistosa —ella dejó escapar el aliento con un suspiro largo y tembloroso—. Cal, dame tu pañuelo, por favor. Mis gafas están sucias y no puedo ver, y en este momento me gustaría ser capaz de ver lo que está pasando.

—Mi pañuelo también está sucio —dijo, pero Calvin rebuscó en sus bolsillos.

—Es mejor que una falda escocesa —Meg escupió en las gafas y las limpió. Sin su ayuda no era capaz de distinguir del chico más que un vago borrón, por lo que ella se atrevió a decir:

—Oh, Cal, deseaba que de alguna forma vinieras a casa esta noche.

—Me sorprende incluso que estés dispuesta a hablar conmigo. Vine a pedir disculpas por lo que mi hermano le hizo a Charles Wallace.

Meg se ajustó las gafas con su tosco empujón habitual hasta la nariz, al mismo tiempo que un rayo de luz de luna se coló a través de las nubes e iluminó la expresión turbada de Calvin. Ella le devolvió el pañuelo.

—No fue culpa tuya. Debo haber sufrido una enajenación mental o algo así, acerca de Louise y el señor Jenkins, ¿no es verdad?

—No lo sé, Meg. Nunca habías sufrido una enajenación mental, ¿verdad?

—No, que yo sepa.

—De todos modos, *fewmets* al señor Jenkins.

Ella casi gritó:

—¿Qué has dicho!

—*Fewmets* al señor Jenkins. *Fewmets* es mi nueva palabrota. Estoy cansado de todas las anteriores. Los *fewmets* son los excrementos de dragón y...

—¡Sé que los *fewmets* son los excrementos de dragón! ¿Lo que yo quiero saber es por qué, de entre todas las palabras posibles, elegiste *fewmets*?

—Me pareció una elección bastante razonable.

De repente, ella estaba temblando de nuevo.

—Calvin, por favor, no, es demasiado grave.

El chico dejó de lado su tono burlón.

—Está bien, Meg, ¿qué pasa con los *fewmets*?

—Oh, Cal, estaba tan conmocionada acerca de lo sucedido con el señor Jenkins que casi me olvido de los dragones.

—¿De qué?

Ella le contó todo sobre Charles Wallace y sus dragones, y que tampoco había alucinado antes. Le contó otra vez cómo Louise saludó a la sombra de algo que ellos no consiguieron ver con claridad, "pero que sin duda no era el señor Jenkins. Louise no fue en absoluto amistosa con el señor Jenkins".

—Es una cosa de locos —dijo Calvin—, absolutamente de locos.

—Pero vimos los *fewmets*, Calvin, o algo así, aunque eran más como plumas, de verdad, pero no plumas normales. Charles Wallace se llevó una a casa, había un montón allí, de este tipo de plumas y escamas de dragón, en la roca más grande de los pastizales del norte.

Calvin se puso en pie.

—¡Entonces vayamos! Trae tu linterna.

Ahora para ella era posible cruzar la huerta y entrar en los pastizales con Calvin yendo por delante. Lo que más le preocupaba a Meg, y desbancaba al miedo, era la necesidad de demostrar que ella y Charles Wallace no lo estaban inventado, que las historias de locos que ella le había contado a Calvin eran reales: no la del señor Jenkins convirtiéndose en un ente volador que se disolvía en la vacuidad del cielo, ella no quería que eso fuera real, sino los dragones. Porque si nada de lo que había sucedido era real, entonces ella estaba perdiendo el juicio.

Cuando llegaron al pastizal, Calvin tomó la linterna de la mano de ella.

—Me adelantaré un poco.

Pero Meg lo siguió pegada a sus talones. Ella pensó que podía sentir su incredulidad mientras él barría con el arco de luz alrededor de la base de la roca. El haz de la linterna se posó en un pequeño círculo, y en el centro del círculo brillaba algo dorado y brillante.

—¡Uf! —dijo Calvin.

Meg rio con alivio y tensión.

—¿No querías decir *fewmets*? ¿Alguien ha visto antes un *fewmet*?

Calvin estaba agachado a cuatro patas, pasando los dedos por el pequeño montón de plumas y escamas.

—Bueno, bueno, esto es de lo más peculiar. ¿Pero qué fue lo que lo dejó aquí? Después de todo, una bandada de dragones no desaparece sin más.

—Un regimiento de dragones —lo corrigió Meg de forma automática—. ¿De verdad piensas que son dragones?

Calvin no respondió. Le preguntó:

—¿Se lo contaste a tu madre?

—Charles Wallace mostró la pluma a los gemelos durante la cena, y mamá también la vio. Los gemelos dijeron que no era una pluma de un pájaro porque el raquis no era similar, y entonces la conversación quedó interrumpida. Creo que Charles lo hizo a propósito.

—¿Cómo está? —preguntó Calvin—. ¿Le hizo mucho daño Whippy?

—Otras veces ha sido peor. Mamá le puso compresas en el ojo, y el moretón se está tornando negro-azulado. Pero eso es todo —ella no estaba lista todavía para mencionar su palidez, o falta de aliento—. Uno podría pensar que vivimos en la parte violenta de un centro urbano o algo así, en lugar de en una pacífica región de campo. No pasa un día sin que uno de los chicos grandes lo golpee, no se trata sólo de Whippy. Cal, ¿por qué razón mis padres lo saben todo acerca de física y biología y esas cosas, y nada acerca de cómo evitar que su hijo sea atacado?

Calvin se encaramó a la más pequeña de las dos piedras.

—Si te sirve de consuelo, Meg, dudo que mis padres conozcan la diferencia entre la física y la biología. Tal vez Charles estaría mejor en una escuela de ciudad, donde hay una gran cantidad de niños diferentes: blancos, negros, amarillos, hispanoparlantes, ricos, pobres. Tal vez él no destacaría por ser tan diferente si también hubiera otras personas diferentes. Aquí, bueno, todo el mundo es más o menos parecido. La gente se siente orgullosa de que tus padres vivan aquí y traten con el presidente y todo eso, pero sin duda, ustedes los Murry no son como los demás.

—Pero tú lo has logrado.

—De la misma forma que lo han hecho los gemelos. Siguiendo las leyes de la selva. Tú lo sabes. De todos modos, mis padres y mis abuelos nacieron aquí en el pueblo, así como mis bisabuelos. Los O'Keefe pueden ser perezosos, pero al

65

menos no son recién llegados —su voz se oscureció con una vieja tristeza.

—Oh, Cal.

Se encogió de hombros dejando de lado su mal humor.

—Creo que tal vez sería mejor que fuéramos a hablar con tu madre.

—Todavía no —la voz de Charles Wallace se oyó a sus espaldas—. Ella tiene suficientes preocupaciones. Aguardemos hasta que regresen los dragones.

Meg pegó un salto.

—¿Charles? ¿Por qué no estás en la cama? ¿Mamá sabe que estás fuera?

—Estaba en la cama. Mamá no sabe que estoy fuera. Obviamente.

Meg estaba a punto de llorar de agotamiento.

—A estas alturas, todo ha dejado de ser obvio —luego, usando su tono de hermana mayor, dijo—: no deberías estar fuera tan tarde.

—¿Qué sucedió?

—¿A qué te refieres?

—Meg, salí de casa porque hubo algo que te asustó —él suspiró, y fue un suspiro cansado y extrañamente antiguo para un niño tan pequeño—. Estaba casi dormido cuando te sentí gritar.

—No quiero decirte algo al respecto. No quiero que haya sucedido. ¿Dónde está Fortinbras?

—Lo dejé en su casa y le dije que no soltara prenda acerca de que yo no estaba profundamente dormido en la cama. No quiero que se involucre con los dragones. Meg, ¿qué pasó? Tienes que decírmelo.

Meg respondió:

—Está bien, Charles, ya no dudo acerca de tus dragones. Ningún dragón podría ser más increíble que el señor Jenkins viniendo a buscarme al huerto, y luego convirtiéndose en un… en un gran y chillón pájaro de la nada —ella habló rápidamente, porque lo que decía sonaba muy absurdo.

Charles Wallace no rio. Abrió la boca para hablar, y luego dio media vuelta.

—¿Quién está aquí?

—Nadie —repuso Calvin—. Meg, tú y yo —pero él saltó de la roca.

—Hay alguien más. Cerca.

—Meg se acercó a Calvin. Parecía que su corazón hubiera dejado de latir.

—Silencio —dijo Charles Wallace, aunque ellos no habían hablado. El chico prestó atención con la cabeza levantada, al igual que Fortinbras cuando quiere captar un aroma.

A la derecha del pastizal había un bosque, un pequeño bosquecillo de robles, arces, hayas, despojados de todo salvo algunas hojas quebradizas, y al fondo la oscura riqueza invernal de una gran variedad de abetos y pinos. La tierra, a la que la luz de la Luna no podía llegar, estaba cubierta de hojas húmedas caídas y agujas de pino que silenciaban los pasos. Entonces escucharon el fuerte crujido de una pequeña rama.

Meg y Calvin, tratando de mirar a través de los árboles, no vieron nada.

Entonces Charles Wallace gritó:

—¡Mis dragones!

Se dieron la vuelta y sobre la gran roca vieron…

alas, parecían cientos de alas, desplegándose, recogiéndose, estirándose…

y ojos…

¿Cuántos ojos puede tener un regimiento de dragones?
y pequeños chorros de fuego…
De repente, una voz clamó desde el bosque:
—¡No teman!

TRES

El hombre en la noche

Una enorme forma oscura se dirigió rápidamente a través de los bosques hasta los pastizales; llegó a ellos en unos pocos pasos, y luego se quedó muy quieto, de modo que los pliegues de su larga túnica parecían cincelados en granito.

—No teman —repitió—. Él no les hará daño.

Sí. El regimiento de dragones de Charles Wallace era una sola criatura, aunque a Meg no le sorprendía en absoluto que Charles Wallace hubiera confundido a esta criatura feroz y salvaje con dragones. Tenía la sensación de que ella nunca podía verlos todos a la vez, ¿y con cuál de esos ojos podía cruzar su mirada? Ojos alegres, ojos sabios, ojos feroces, ojos de gatito, ojos de dragón, que se abren y se cierran, mirándola, mirando a Charles Wallace y a Calvin y al extraño hombre alto. Y las alas, alas en constante movimiento, cubriendo y descubriendo los ojos. Cuando las alas se extendían por completo, tenían una envergadura de al menos tres metros, y cuando las replegaba, la criatura parecía una brumosa esfera emplumada. Los pequeños chorros de llamas y humo salían de entre las alas; sin duda podía iniciar un incendio en el campo si no era cuidadoso. Meg no se maravilló de que Charles Wallace no se hubiera acercado a ella.

Una vez más, el alto desconocido les aseguró:

—No les hará daño —el desconocido era oscuro, oscuro como la noche y alto como un árbol, y había algo en la quietud de su cuerpo y en la tranquilidad de su voz, que hacía alejar el miedo.

Charles Wallace dio un paso hacia él.

—¿Quién eres tú?

—Un Profesor.

Charles Wallace suspiró con anhelo.

—Desearía que tú fueras mi Profesor.

—Lo soy —su voz de chelo estaba calmada, un poco divertida.

Charles Wallace avanzó otro paso:

—¿Y mis dragones?

El hombre alto, el Profesor, extendió su mano en dirección a la criatura salvaje, que parecía estar replegándose para levantarse, para dedicarles una gran y cortés reverencia a todos ellos.

El Profesor dijo:

—Su nombre es Proginoskes.

Charles Wallace dijo:

—¿Él?

—Sí.

—¿No es un dragón?

—Él es un querubines.

—¡¿Qué?!

—Un querubines.

Una llama brotó hacia el cielo mostrando indignación ante la duda. Las grandes alas se levantaron y desplegaron, y los niños fueron examinados por un gran número de ojos. Cuando la cosa salvaje habló, no lo hizo con palabras enunciadas, sino directamente en sus mentes.

"¿Supongo que crees que debería ser una criatura sin cuerpo, con rostro de bebé, cabello dorado y dos pequeñas alas inútiles?"

Charles Wallace se quedó mirando a la gran criatura.

—Puede que resultara más sencillo si lo fueras.

Meg acercó su poncho hacia ella para protegerse en caso de que el querubines lanzara fuego en su dirección.

"Es una sorpresa constante para mí", les transmitió a sus mentes, "que tantos artistas terrícolas retraten querubines a la usanza de lechones".

Calvin emitió un sonido que, si hubiera sonado menos asombrado, habría sido una carcajada:

—Pero querubines es plural.

La bestia que expulsa fuego respondió:

"Soy prácticamente plural. El niño pensó que yo era un regimiento de dragones, ¿verdad? Ciertamente no soy un querubín. Soy un único querubines."

—¿Qué estás haciendo aquí? —preguntó Charles Wallace.

"Fui enviado."

—¿Enviado?

"Para estar en tu clase. No sé lo que he hecho para ser asignado a una clase con unos terrícolas tan inmaduros. Mi trabajo es ya lo suficientemente duro tal y como es. Realmente no me gusta la idea de regresar a la escuela a mi edad."

—¿Cuántos años tienes? —Meg sostuvo el poncho abierto de par en par, lista para usarlo como escudo.

"La edad, para un querubines, es inmaterial. La edad sólo existe para las criaturas ligadas al tiempo. Yo soy, en términos querúbicos, todavía un niño, y eso es todo lo que necesitas saber. Es muy grosero hacer preguntas acerca de la edad", dos de las alas se cruzaron y descruzaron. El mensaje había sido triste, más que molesto.

Charles Wallace se dirigió al hombre alto.

—¿Usted es mi Profesor y también el suyo?

—Lo soy.

Charles Wallace miró a la extraña cara oscura que era severa y amable al mismo tiempo.

—Es demasiado bueno para ser verdad. Creo que debo estar soñando. Me gustaría seguir soñando y no despertar.

—¿Qué es real? —el profesor extendió un brazo, y tocó el moretón de la mejilla de Charles Wallace con gentileza, la hinchada y descolorida carne bajo su ojo—. Estás despierto.

—O si estás dormido —dijo Meg—, todos estamos teniendo el mismo sueño. ¿No es así, Calvin?

—La razón que me hace pensar que estoy despierto es que si yo soñara con un querubín, no tendría el aspecto de ese…

Varios ojos muy azules de pestañas largas miraban directamente a Calvin.

"Proginoskes, como el Profesor te dijo. Proginoskes. Y no se te ocurra llamarme Progi, Noskes o Proskis."

—Sería más sencillo —dijo Charles Wallace.

Pero la criatura repitió con firmeza:

"Proginoskes."

Proveniente de la oscura forma del Profesor llegó un estruendo profundo y suave de diversión, un ruido sordo que se expandió y se levantó y burbujeó formando una gran risa.

—Muy bien, entonces, hijos míos. ¿Están listos para comenzar, a falta de una mejor palabra en su idioma lo llamaremos escuela, están listos para empezar la escuela?

Charles Wallace, con su pequeña y bastante ridícula figura embutida en el impermeable amarillo que se había puesto sobre el pijama, posó su vista en el Profesor alto y fuerte como un roble.

—Cuanto antes mejor. El tiempo se acaba.

—¡Eh!, espera un momento —se opuso Calvin—. ¿Qué va a hacer con Charles? Usted y el querubines no pueden llevárselo sin consultar a sus padres.

—¿Qué te hace pensar que estoy planeando hacerlo? —el Profesor dio un pequeño y grácil salto, y allí estaba él, confortablemente sentado en la más alta de las rocas glaciares, como si se tratara de un taburete, con los brazos ligeramente apoyados sobre sus rodillas, y los pliegues de su túnica mimetizados con la piedra iluminada por la Luna—. Y no sólo he venido para llamar a Charles Wallace. He venido a llamarlos a los tres.

Meg parecía sorprendida.

—¿A todos nosotros? Pero…

—Te puedes dirigir a mí como Blajeny —dijo el Profesor.

Charles Wallace preguntó:

—¿Señor Blajeny? ¿Doctor Blajeny? ¿Don Blajeny?

—Blajeny es suficiente. Eso es todo lo que necesitan saber de mi nombre. ¿Están listos?

Meg todavía parecía asombrada.

—¿Calvin y yo, también?

—Sí.

—Pero… —como siempre que se sentía insegura, Meg lo cuestionaba todo—. Calvin no lo necesita, es el mejor estudiante de la escuela, y el mejor atleta, es importante y todo eso. Y yo ahora estoy llevándolo mejor. El que tiene problemas es Charles, usted puede verlo por sí mismo. La escuela, la escuela ordinaria, simplemente no funciona para él.

La voz de Blajeny era serena.

—Esto es a duras penas de mi incumbencia.

—¿Entonces por qué está aquí? —que Blajeny pudiera haber sido enviado únicamente a ayudar a su hermano, a Meg no le parecía en absoluto sorprendente.

De nuevo llegó el rumor que burbujeaba en una risa.

—Queridos míos, no deben tomarse tan en serio a ustedes mismos. ¿Por qué debería ser fácil la escuela para Charles Wallace?

—No debería ser algo *tan* malo. Estamos en un país avanzado y libre. Pero los chicos le harán daño si no hay alguien que haga algo.

—Él tendrá que aprender a defenderse.

Charles Wallace, que parecía muy pequeño e indefenso, dijo en voz baja:

—El Profesor está en lo cierto. Es una cuestión de aprender a adaptarse, y nadie puede hacer eso por mí. Si todo el mundo me deja solo, y deja de intentar ayudarme, aprenderé, con el tiempo, a no llamar la atención. Puedo asegurarles que no he mencionado las mitocondrias y las farandolas últimamente.

El Profesor asintió con grave aprobación.

Charles Wallace se acercó a él.

—Estoy muy contento de que no haya venido porque no estoy consiguiendo superar el lío de la escuela. Pero, Blajeny, si no ha venido por eso, entonces ¿por qué está aquí?

—No he venido para ofrecerles mi ayuda, sino para solicitar la de ustedes.

—¿Nuestra ayuda? —preguntó Meg.

Charles Wallace alzó la vista al Profesor.

—No creo ser de mucha ayuda para nadie en este momento. No se trata sólo de que no me esté adaptando a la escuela…

74

—Sí —dijo Blajeny—. Sé del otro problema. Sin embargo has sido llamado, y cualquiera que es invitado a estudiar con uno de los Profesores es llamado porque se le necesita. Tienes talentos que no podemos permitirnos perder.

—¿Entonces…?

—Tenemos que averiguar lo que está causando que estés enfermo y, si es posible, que te recuperes.

—¿Si es posible? —preguntó Meg con ansiedad.

Calvin preguntó bruscamente:

—¿Charles? ¿Enfermo? ¿Qué sucede? ¿Qué le pasa a Charles?

—Míralo —dijo Meg en voz baja—. Mira lo pálido que está. Y tiene dificultad para respirar. Se quedó sin aliento simplemente caminando a través de la huerta —ella se dirigió al Profesor—. Oh, por favor, por favor, Blajeny, ¿puede ayudarle?

Blajeny posó la mirada sobre ella, sombríamente y en voz baja dijo:

—Creo, mi niña, que eres tú quien debe ayudar.

—¿Yo?

—Sí.

—Usted sabe que yo haría cualquier cosa en el mundo para ayudar a Charles.

Calvin miró inquisitivamente al Profesor.

—Sí, Calvin, tú, también.

—¿Cómo? ¿Cómo podemos ayudar?

—Aprenderán a medida que las lecciones avancen.

—¿Dónde recibiremos estas lecciones, entonces? ¿Dónde está su escuela? —preguntó Calvin.

Blajeny saltó ligeramente de la roca. A pesar de su altura y tamaño, él se movía, pensó Meg, como si estuviera acostumbrado a una gravedad más pesada que la de la Tierra. Se dirigió con ligereza a medio camino a través del pastizal, donde había una roca grande y plana, donde los niños a menudo acudían con sus padres para ver las estrellas. Se dejó caer sobre la roca y se tumbó de espaldas, haciendo un gesto a los demás para que lo acompañasen. Meg se recostó a su lado, con Calvin a su otro lado, por lo que ella se sentía protegida, no sólo del viento frío de la noche, sino también del querubines, que había llegado a la roca con el batir de un ala y se había reagrupado a sí mismo en un conjunto de alas y ojos y nubes de humo, a una distancia discreta de Charles Wallace, que estaba al otro lado de Blajeny.

—Está bien, dragones —dijo Charles Wallace—. No tengo miedo de ti.

El querubines reorganizó sus alas:

"Proginoskes, por favor."

Blajeny elevó la vista hacia el cielo, levantó el brazo, e hizo un amplio y abarcador gesto. Las nubes casi se habían dispersado; sólo unas pocas columnas de luz en el cielo velaban las estrellas, que ardían con el brillo feroz del drástico descenso de la temperatura. El movimiento de barrido del Profesor abarcaba la total extensión brillante del cielo. Luego se sentó y cruzó los brazos sobre su pecho, y sus extraños ojos luminosos se dirigieron hacia adentro, de modo que él no estaba mirando a las estrellas ni a los niños, sino a algún profundo y oscuro lugar dentro de sí mismo, y aún más allá. Se sentó allí, internándose cada vez más profundamente, por el tiempo y fuera del tiempo. A continuación, el foco de sus ojos volvió a los niños, y él les dirigió su sonrisa radiante y respondió la pregunta de Calvin como si no hubiera pasado ni un momento.

—¿Dónde está mi escuela? Aquí, allí, en todas partes. En el patio de la escuela durante el recreo de primer grado. Con los querubines y serafines. Entre las farandolas.

Charles Wallace exclamó:

—¡Mi madre ha conseguido aislar las farandolas!

—Así es.

—Blajeny, ¿usted sabe si hay algo que no funciona bien en mis farandolas y mitocondrias?

Blajeny respondió en voz baja:

—Tu madre y la doctora Colubra están tratando de averiguarlo.

—Bueno, entonces, ¿qué hacemos ahora?

—Ir a casa a dormir.

—Pero la escuela…

—Irás a la escuela como de costumbre en la mañana.

Era una decepción total.

—Pero, *su* escuela… —gritó Meg decepcionada. Ella tenía la esperanza de que Charles Wallace no tuviera que entrar otra vez en aquel viejo edificio rojo, que Blajeny se hiciera cargo de todo, que lo arreglara.

—Hijos míos —dijo Blajeny con gravedad—, mi edificio de escuela es el cosmos entero. Antes de que el tiempo que deben estar conmigo haya terminado, tendré que llevarlos a recorrer grandes distancias, y lugares muy extraños.

—¿Nosotros somos toda su clase? —preguntó Calvin—. ¿Meg, Charles Wallace y yo?

Proginoskes malhumorado dejó escapar una bocanada de humo.

—Lo siento, y el querubines.

Blajeny dijo:

—Espera. Tú lo sabrás cuando llegue el momento.

—¿Y por qué diantres uno de nuestros compañeros de clase es un querubines? —preguntó Meg—. Lo siento, Proginoskes, pero parece muy ofensivo para ti el tener que estar con mortales como nosotros.

Proginoskes pestañeó varios ojos a modo de disculpa.

"No hablaba en serio cuando me referí a los terrícolas inmaduros. Si hemos sido enviados al mismo Profesor, entonces tenemos cosas que aprender los unos de los otros. Un querubines no es de un orden *superior* al de los terrícolas, ya sabes, sólo diferente."

Blajeny asintió.

—Sí. Tienen mucho que aprender los unos de los otros. Mientras tanto, voy a darles misiones a cada uno de ustedes. Charles Wallace, ¿adivinas cuál es la tuya?

—Aprender a adaptarme.

—¡No quiero que cambies! —exclamó Meg.

—Ni yo —respondió Blajeny—. El desafío de Charles Wallace es aprender a adaptarse mientras se mantiene fiel a sí mismo.

—¿Cuál es mi misión, Blajeny? —preguntó Meg.

El profesor frunció el ceño brevemente, cavilante. Entonces dijo:

—Estoy tratando de expresarlo en términos terrenales, términos que puedas entender. Debes completar tres pruebas o exámenes. Debes comenzar inmediatamente con la primera.

—¿Cuál es?

—Parte de la prueba es descubrirlo.

—¿Pero cómo?

—Eso no lo puedo decir. Pero no estarás sola. Proginoskes estará contigo. Serán lo que creo que llaman, compañeros. Deben completar las tres pruebas juntos.

—Pero, ¿y si fallamos?

Proginoskes arrojó varias alas sobre sus ojos, horrorizado ante tal idea.

Blajeny dijo en voz baja:

—Es una posibilidad, pero yo preferiría no suponer tal cosa. Recuerden que estas tres pruebas no serán algo que puedan imaginarse o esperar en este momento.

—¡Pero Blajeny, difícilmente podré llevar al querubines conmigo a la escuela!

Blajeny miró con afecto a la gran criatura, cuyas alas estaban aún plegadas protectoramente sobre sí mismo.

—Ésa es una cuestión que ustedes dos habrán de decidir. Él no siempre es visible, ya sabes. Yo mismo lo encuentro un poco más simple cuando es sólo un viento o una llama, pero estaba convencido de que sería más tranquilizador para los terrícolas si se encarnara a sí mismo.

Charles Wallace extendió la mano y tomó la del Profesor.

—Si yo pudiera llevarlo conmigo al patio de la escuela, simplemente de esta manera, con el aspecto de un regimiento de dragones, apuesto a que no tendría ya ningún problema.

Meg dijo:

—¿No me contaste que mañana tenías que llevar una mascota a la escuela?

Charles Wallace rio:

—*Podemos* llevar una mascota pequeña mañana para compartir con la clase.

Proginoskes observó bajo una de sus alas.

"No soy motivo de bromas."

—Oh, Progo —le aseguró Meg—. Es cuestión de coser y cantar.

Charles Wallace, sin soltar la mano del Profesor, le preguntó:

—¿Quieres venir a casa con nosotros y conocer a mi madre?

—Esta noche no, Charles, es muy tarde para que estén aún levantados, ¿y quién sabe qué nos deparará el día de mañana?

—¿Tú no lo sabes?

—No soy más que un Profesor, y no me gustaría disponer del futuro antes de tiempo si pudiera. Vamos, los acompañaré parte del camino de regreso a casa.

Meg preguntó:

—¿Qué pasa con Progo... Proginoskes?

El querubines respondió:

"Si para Blajeny no es el momento de conocer a su familia, difícilmente será el mío. Estoy muy a gusto aquí. Tal vez puedan reunirse conmigo mañana temprano, y podamos comparar nuestros pensamientos de la noche."

—Bien, de acuerdo. Supongo que es lo mejor. Buenas noches, pues.

"Buenas noches, Megling", agitó un ala hacia ella en señal de despedida y a continuación se plegó a sí mismo en un gran pompón. No se veían ojos, ni llamas, ni humo.

Meg se estremeció.

—¿Tienes frío? —preguntó Blajeny.

Ella se estremeció de nuevo.

—Esa tormenta eléctrica antes de la cena, supongo que fue causada por el encuentro entre un frente frío y un frente cálido, pero me pareció terriblemente cósmica. Nunca pensé conocer un querubines...

—Blajeny —dijo Calvin—, no me ha dado ninguna misión.

—No, hijo mío. Tengo trabajo para ti, es un trabajo difícil y peligroso, pero no puedo decirte todavía lo que es. Tu tarea es esperar sin albergar dudas. Por favor, ven a casa de los

Murry después de la escuela mañana, ¿tienes disponibilidad para hacerlo?

—Sí, claro —dijo Calvin—. Puedo faltar a mis actividades extraescolares por una vez.

—Bien. Hasta entonces. Ahora, marchemos.

Charles Wallace guio la marcha con Meg y Calvin en la retaguardia. El viento del noroeste soplaba más frío, al parecer, con cada ráfaga. Cuando llegaron al muro de piedra que daba al huerto de los manzanos, la Luna brillaba con claridad, con ese brillo extraordinario que hace que la luz y la oscuridad sean intensas y bien diferenciadas. Algunas manzanas seguían aferrándose a sus ramas; algunas tan oscuras como Blajeny, otras brillaban con una luz plateada, casi como si estuvieran iluminadas desde dentro.

En la parte superior de las pálidas piedras de la pared había una sombra oscura que se movía lenta, sinuosamente. Se levantó, se desenroscó cuidadosamente, dando la impresión de que extendía una capucha mientras se cernía sobre ellos. Su lengua bífida vibró, atrapando la luz, y un siseo escapó desde su boca.

Louise.

Pero ésta no era la actitud de amenaza de Louise que había siseado y chasqueado al imposible señor Jenkins; ésta era la Louise que Meg y Charles Wallace habían visto aquella tarde, la Louise que había estado esperando para saludar a la sombra desconocida, la sombra que, Meg lo entendió ahora, debía haber sido Blajeny.

Sin embargo, ella se apretó más a Calvin; nunca se había sentido muy segura cerca de Louise, y el extraño comportamiento de la serpiente esa tarde y esa noche, la hacía parecer aún más ajena que cuando se trataba únicamente de la mascota de los gemelos.

Ahora Louise estaba zigzagueando lentamente hacia adelante y hacia atrás con un ritmo suave, casi como si estuviera haciendo una versión serpentina de una profunda reverencia; y el sonido sibilante era un delicado pitido agudo.

Blajeny se inclinó ante la serpiente.

Sin duda, Louise le devolvió el saludo.

Blajeny explicó con gravedad:

—Ella es una colega mía.

—Pero, pero, eh, cómo… —farfulló Calvin—, aguarde un momento.

—Ella es una Profesora. Es por eso que siente tanta predilección por los dos chicos: Sandy y Dennys. Un día ellos también serán Profesores.

Meg dijo:

—Ellos serán exitosos hombres de negocios y nos ayudarán al resto de nosotros de una forma a la cual no estamos acostumbrados.

Blajeny le quitó importancia a esto con un gesto de la mano:

—Serán Profesores. Es un Llamado Superior, y no debes sentirte angustiada de que no sea el tuyo. Tú también tienes trabajo.

Louise, con una última ráfaga de su pequeña y extraña melodía, se dejó caer de nuevo sobre el muro y desapareció entre las piedras.

—Tal vez estamos soñando, después de todo —dijo Calvin con perplejidad.

—¿Qué es real? —preguntó el Profesor otra vez—. Les daré las buenas noches en este momento.

Charles Wallace se resistía a dejarlo marchar.

—¿No despertaremos por la mañana y descubriremos que todo esto nunca ocurrió? ¿No despertaremos y descubriremos que todo esto lo hemos soñado?

—Si sólo uno de nosotros lo hace —dijo Meg—, y nadie más recuerda algo de esto, entonces habrá sido un sueño. Pero si todos despertamos aún recordándolo, entonces habrá ocurrido realmente.

—Espera hasta mañana para saber lo que sucederá mañana —aconsejó Blajeny—. Buenas noches, mis niños.

Ellos no le preguntaron dónde iba a pasar la noche, aunque Meg se lo cuestionó para sus adentros, porque era el tipo de preguntas presuntuosas que uno no podía hacerle a Blajeny. Lo dejaron de pie y mirándolos a ellos, con los pliegues de su túnica cincelados como el granito, y su cara oscura atrapando y refractando la luz de la Luna como el vidrio fundido.

Cruzaron el huerto y el jardín, y entraron en casa, como de costumbre, por la parte de atrás, a través de la despensa. La puerta del laboratorio estaba abierta y las luces encendidas. La señora Murry estaba inclinada sobre su microscopio y la doctora Colubra estaba acurrucada en un viejo sillón de cuero rojo, leyendo. El laboratorio era una habitación larga y estrecha con grandes losas de piedra en el suelo. En un principio se había utilizado para almacenar la leche y la mantequilla y otros productos perecederos, mucho antes de que los refrigeradores existieran, y aun ahora era difícil calentarlo en invierno. El largo mostrador de trabajo con el lavabo de piedra en un extremo era ideal para el equipo de laboratorio de la señora Murry. En una esquina había dos cómodas sillas y una lámpara de lectura, lo cual suavizaba la iluminación clínica de las luces sobre el mostrador. Pero Meg no podía recordar un momento en el que hubiera visto a su madre relajada en una de esas sillas; ella siempre estaba ineludiblemente posada en uno de los taburetes de laboratorio.

Ella levantó la vista de las extrañas circunvoluciones del microscopio microelectrónico.

—¿Charles? ¿Qué estás haciendo fuera de la cama?

—Me desperté —dijo Charles Wallace con suavidad—. Sabía que Meg y Calvin estaban fuera, así que fui por ellos.

La señora Murry miró fijamente a su hijo, y luego saludó calurosamente a Calvin.

—¿Podemos prepararnos un poco de chocolate? —preguntó Charles Wallace.

—Es muy tarde para que estés levantado, Charles, y mañana tienes que ir a la escuela.

—Me ayudará a dormir.

La señora Murry parecía a punto de negarse, pero la doctora Colubra cerró el libro, diciendo:

—¿Por qué no, por una vez? Deja que Charles se eche una siesta cuando llegue a casa por la tarde. A mí también me gustaría tomar un poco de chocolate. Salgamos de aquí mientras tu madre prosigue con su trabajo. Yo lo prepararé.

—Voy por la leche y otras cosas de la cocina —dijo Meg.

Con la doctora Louise presente no eran, sentía ella, lo suficientemente libres de hablar con su madre acerca de los acontecimientos de la noche. A los chicos les agradaba mucho la doctora Louise, y confiaban en ella por completo como doctora, pero no estaban muy seguros de que tuviera la capacidad de sus padres para aceptar lo extraordinario. Casi con toda seguridad, pero no del todo. La doctora Colubra tenía algo muy importante en común con sus padres; ella también había renunciado a un trabajo que le reportaba, tanto dinero como prestigio, para venir a vivir a este pequeño pueblo rural.

84

Ella misma había dicho: "Muchos de mis colegas han olvidado que se supone que deben practicar el *arte* de curar. Si yo no tengo el don de la curación en mis manos, entonces todo mi costoso aprendizaje no vale mucho". Ella también le había dado la espalda a los destellos de éxito del mundo. Meg sabía que sus padres, a pesar del hecho de que fueran consultados por el presidente de los Estados Unidos, habían renunciado a mucho cuando se mudaron al campo con el fin de dedicar sus vidas a la investigación. Sus descubrimientos, muchos de ellos realizados en este laboratorio de piedra, habían hecho a los Murry más, y no menos, abiertos a lo extraño, a lo misterioso, a lo inexplicable. El trabajo de la doctora Colubra era forzosamente más sencillo, y Meg no estaba segura de cómo respondería a hablar de un extraño Profesor oscuro, de entre dos metros y medio o tres de altura, y mucho menos segura de cómo iba a reaccionar a su descripción de un querubines. Probablemente ella insistiría en que estaban sufriendo de histeria colectiva y que todos ellos debían acudir al psiquiatra inmediatamente.

"¿O es sólo que tengo miedo de hablar de ello, incluso con mamá?", se preguntó Meg, mientras tomaba azúcar, cacao, leche, y una olla de la cocina y regresaba a la despensa.

La doctora Colubra estaba diciendo:

—Eso de gritos cósmicos y grietas en galaxias distantes ofende cada pequeñísima parte racional de mí.

La señora Murry se apoyó en el mostrador.

—Tampoco creías en las farandolas, hasta que te lo demostré.

—No me lo has demostrado —dijo la doctora Louise—. Todavía —ella parecía ligeramente agitada, como un pequeño pájaro gris. Su pelo corto y rizado era gris; sus ojos grises lo oteaban todo por encima de su pequeña nariz en forma de pico; e iba vestida con un traje de franela gris—. La razón principal por la que creo que puede que tengas razón es que tú tomas esa estúpida máquina —señaló el microscopio microelectrónico— de la misma forma en que mi marido solía tomar su violín. Siempre era como un encuentro entre amantes.

La señora Murry se apartó de la "estúpida máquina".

—Creo que desearía no haber oído hablar nunca de las farandolas, y mucho menos llegar a las conclusiones que… —se detuvo bruscamente, y luego dijo—. Por cierto, niños, cuál fue mi sorpresa cuando, antes de que irrumpieran en el laboratorio, recibí la llamada del señor Jenkins sugiriendo que le diéramos clases de defensa personal a Charles Wallace.

¿El señor Jenkins? Se preguntó Meg, y dijo en voz alta:

—Pero el señor Jenkins nunca llama a los padres. Los padres tienen que ir a verle —casi preguntó: "¿Estás segura de que se trataba del señor Jenkins?" Y se detuvo al recordar que no le había contado a Blajeny acerca del terrible señor-Jenkins-o-no-señor-Jenkins, que repentinamente se había convertido en un ave, el señor Jenkins al que Louise había rechazado con tanta fiereza. Debería habérselo dicho a Blajeny, pero se lo diría a primera hora de la mañana.

Charles Wallace se subió a uno de los taburetes de laboratorio y se sentó cerca de su madre.

—Lo que realmente necesito son lecciones de adaptación. He estado leyendo a Darwin, pero no me ha ayudado mucho.

—¿Ve lo que queremos decir? —le preguntó Calvin a la doctora Louise—. Eso no es lo que uno espera de un niño de seis años.

—Él realmente lee a Darwin —le aseguró Meg a la doctora.

—Y todavía no he aprendido a adaptarme a las circunstancias —añadió Charles Wallace.

La doctora Louise estaba preparando una pasta de cacao y azúcar con un poco de agua caliente procedente de una de las retortas de la señora Murry.

—Esto es sólo agua, ¿verdad? —preguntó ella.

—De nuestro pozo artesiano. La mejor agua.

La doctora Louise añadió leche, poco a poco.

—Ustedes chicos, son demasiado jóvenes para recordarlo, y su madre es diez años más joven que yo, pero nunca olvidaré, hace ya mucho tiempo, cuando los primeros astronautas fueron a la Luna y yo me senté toda la noche para verlos.

—Lo recuerdo bien —dijo la señora Murry—. Yo no era tan joven como piensas.

La doctora Louise removía el cacao que se calentaba sobre un mechero Bunsen.

—¿Recuerdas esos primeros pasos en la Luna, para empezar, tan vacilantes, en ese terreno extraño, sin aire, extraterrestre? Y luego, en un corto período de tiempo, Armstrong y Aldrin se acercaron con confianza a grandes zancadas, y el comentarista lo narró como un ejemplo extraordinario de la notable capacidad del hombre para adaptarse.

—¡Pero todo lo que tenían que hacer era adaptarse a la superficie de la Luna! —objetó Meg—. Estaba inhabitada. Apuesto a que cuando nuestros astronautas lleguen a algún lugar con habitantes, no les resultará tan fácil. Es mucho más sencillo adaptarse a una menor gravedad, o a la falta de atmósfera, o incluso a tormentas de arena, de lo que es adaptarse a habitantes hostiles.

Fortinbras, que tenía una afición poco canina por el chocolate, vino caminando alegremente hasta el laboratorio, con su nariz contorsionándose a la expectativa. Se puso de pie sobre sus patas traseras y colocó sus patas delanteras sobre los hombros de Charles Wallace.

La doctora Colubra le preguntó a Meg:

—¿Entonces, crees que los alumnos de primer grado de la escuela del pueblo son habitantes hostiles?

—¡Claro! Charles no es como ellos, y por esa razón son hostiles con él. La gente siempre es hostil con cualquiera que es diferente.

—Hasta que se acostumbren a él —repuso la doctora—.

—No se están acostumbrando a Charles.

Charles Wallace acarició al enorme perro, y dijo:

—No olvides ponerle un poco a Fort, a él le encanta el chocolate.

—Tienen unas mascotas de lo más extrañas —dijo la doctora Louise, pero ella dispuso un pequeño recipiente con chocolate para Fortinbras—. Voy a dejar que se enfríe un poco antes de ponerlo en el suelo. Meg, necesitamos tazas.

—Bien —Meg corrió a la cocina, tomó algunas tazas y regresó al laboratorio.

La doctora Louise las alineó y vertió el chocolate en ellas.

—Hablando de animales, ¿cómo está mi tocaya?

Meg casi derramó el chocolate que estaba a punto de darle a su madre. Ella observó de cerca a la doctora Louise, pero aunque la pregunta le había parecido intencionada, la pequeña cara de pajarillo no mostraba más que un divertido interés; como Charles Wallace dijo, la doctora Louise era muy buena para hablar en un nivel y pensar en otro.

Charles Wallace respondió a la pregunta.

—Louise la Más Grande es una serpiente magnífica. Me pregunto si le gustaría tomar un poco de chocolate. A las serpientes les gusta la leche, ¿verdad?

La señora Murry dijo con firmeza:

—No vas a salir esta noche para buscar a la serpiente, por magnífica que ella sea y le guste el chocolate. Guarda tu afán experimental para la luz del día. Louise está, sin duda, profundamente cansada.

La doctora Louise vertió cuidadosamente los restos del chocolate en su propia taza.

—Algunas serpientes son muy sociables por las noches. Hace muchos años, cuando estaba trabajando en un hospital en Filipinas, yo tenía una boa como mascota; sufrimos una plaga de ratas en la sala del hospital, y mi boa constrictor hizo un meticuloso trabajo para reducir la población de estos roedores. También le gustaba la crema de champiñones, aunque nunca probé a darle chocolate, y era una compañera encantadora por las noches, cariñosa y tierna.

Meg no creía que pudiera disfrutar una sesión de mimos con una serpiente, ni siquiera con Louise.

—También tenía un juicio impecable sobre la naturaleza humana. Era, por naturaleza, una criatura amigable, y si me mostraba que no le gustaba o desconfiaba de alguien, yo lo tenía en cuenta. Nos trajeron un paciente al pabellón de hombres que parecía no tener más que una leve inflamación del apéndice, pero a mi boa constrictor no le agradó desde el momento en que fue admitido. Esa noche él trató de matar al hombre que estaba en la cama de al lado, por suerte llegamos a tiempo para evitarlo. Pero la serpiente lo sabía. Después de eso, siempre he acatado sus advertencias.

—Fortinbras tiene el mismo instinto acerca de la gente —dijo la señora Murry—. Es una pena que los humanos lo hayamos perdido.

Meg quiso decir: "Lo mismo sucede con Louise la Más Grande", pero su madre o la doctora le habrían preguntado en qué experiencia se basaba tal observación; hubiera sonado más creíble si hubiera venido de los gemelos.

Charles Wallace observaba a la doctora Colubra, que había regresado a la silla de cuero rojo y estaba sorbiendo el chocolate con las piernas dobladas debajo de ella como si fuera una niña; de hecho, era considerablemente más pequeña que Meg. Charles dijo:

—Nosotros nos tomamos muy en serio a Louise, doctora Louise. Muy en serio.

La doctora Louise asintió. Su voz era ligera y aguda:

—Eso era lo que pensaba.

Calvin terminó su bebida.

—Muchas gracias. Será mejor que regrese a casa. Nos vemos en la escuela mañana, Meg. Gracias de nuevo, señora Murry y doctora Colubra. Buenas noches.

Cuando se hubo ido, la señora Murry dijo:

—Muy bien, Charles. Los gemelos ya llevan en la cama una hora. Meg, ha llegado el momento para ti también. Charles, iré a verte en un momento.

Al salir del laboratorio, Meg pudo ver a su madre girando de nuevo hacia el microscopio microelectrónico.

Meg se desvistió lentamente, de pie junto a la ventana del ático, preguntándose si la historia de la doctora Louise acerca de las serpientes había sido una charla realmente casual tomando una taza de chocolate caliente; tal vez eran únicamente los extraños acontecimientos de la noche los que la habían impelido a buscar significados bajo la superficie de lo que bien podría ser una conversación sin importancia. Ella apagó las luces y miró por la ventana. Podía ver la huerta a través del jardín, pero los árboles todavía tenían suficientes hojas para que ella pudiera atisbar los pastizales del norte.

¿Había realmente un querubines aguardándola en la roca que utilizaban de mirador para las estrellas, acurrucada en una gran bola de plumas, durmiendo con todos esos ojos cerrados?

¿Era real?

¿Qué es real?

CUATRO

Proginoskes

Meg despertó antes del amanecer, de súbito y por completo, como si algo la hubiera arrancado bruscamente de su sueño. Aguzó el oído: sólo se escuchaban los ruidos normales de la casa en la hora de descanso. Encendió la luz y miró su reloj; tenía puesta la alarma para las seis, como de costumbre. Eran las cinco. Tenía otra hora en la que podría acurrucarse bajo las mantas y disfrutar de la comodidad, el calor y el consuelo, y dormitar tranquilamente…

Entonces recordó.

Intentó tranquilizarse diciéndose que estaba recordando un sueño, aunque no era la forma en que se recuerda un sueño. Debe haber sido un sueño, es obvio que debe haber sido un sueño…

La única manera de probar que no había sido más que un sueño sin despertar a Charles Wallace y preguntárselo, era vestirse y salir a la roca-mirador de las estrellas, y asegurarse de que allí no hubiera querubines.

Y si por alguna pequeña posibilidad no había sido un sueño, le había prometido al querubines que lo visitaría antes del desayuno.

Si no hubiera sido por los horribles momentos con el señor Jenkins chillando a través del cielo, a ella le habría gustado que no fuera un sueño. Quería desesperadamente que Blajeny fuera real y se hiciera cargo de todo. Pero la irrealidad del señor Jenkins, que siempre había sido desagradablemente previsible, era mucho más difícil para ella de aceptar que el Profesor, o incluso que un querubines que parecía un regimiento de dragones.

Se vistió a toda prisa con una falda y una blusa limpias. Se acercó de puntillas a las escaleras, tan silenciosa y cuidadosamente como lo había hecho la noche anterior, cruzó la cocina y la despensa, donde se puso la chaqueta más gruesa que encontró, y una boina de punto multicolor,[5] una de las iniciativas más extrañas que su madre había tenido en la vida doméstica.

Esta vez el viento no soplaba, ni las puertas se cerraban de golpe. Ella encendió la linterna para guiarse. Todavía se encontraba en el frío y silencioso momento antes del amanecer. La hierba estaba blanca con rastros como de telarañas de rocío y escarcha. Un vapor delgado se movía delicadamente por el césped. Las montañas estaban encapotadas por la niebla baja, aunque podía ver las estrellas en el cielo. Corrió por el jardín, mirando con recelo a su alrededor. Pero no había señal del señor Jenkins, por supuesto que no había señal del señor Jenkins. Buscó cuidadosamente a Louise en el muro de piedra, pero no había rastro alguno de la gran culebra. Cruzó el huerto, subió por el muro otra vez, todavía no había rastro de Louise, de todos modos era demasiado pronto y ha-

---

5 Tam o'shanter en el original, que es el nombre tradicional dado a las boinas de lana escocesa que usaban antiguamente los hombres de ese país.

cía demasiado frío para las serpientes, por lo que corrió por los pastizales del norte, más allá de las dos rocas glaciares, y la roca-mirador de las estrellas.

Allí no había nada, excepto la niebla girando apaciblemente en la suave brisa.

Así que todo había sido un sueño.

Pero entonces la niebla pareció solidificarse, para convertirse en alas batientes, ojos que se abrían y cerraban, diminutos destellos de fuego, pequeñas bocanadas de humo brumoso...

—Eres real —dijo la niña en voz alta—. No eres algo que he soñado después de todo.

Proginoskes estiró delicadamente una enorme ala hacia el cielo y luego la plegó.

"Me han dicho que los seres humanos rara vez sueñan con querubines. Gracias por la puntualidad. Se encuentra en la naturaleza de los querubines repeler la tardanza."

Meg suspiró con resignación, con miedo, y, sorprendentemente, con alivio.

—Está bien, Progo, supongo que no eres producto de mi imaginación. ¿Qué hacemos ahora? Dispongo de una hora antes del desayuno.

"¿Tienes hambre?"

—No, estoy demasiado agitada para tener hambre, pero si luego no me presento a tiempo, no será muy bien entendido si les explico que he llegado tarde porque estaba hablando con un querubines. A mi madre tampoco le gusta la tardanza.

Proginoskes dijo:

"Se puede lograr mucho en una hora. Tenemos que averiguar cuál es nuestra primera prueba."

—¿Tú no lo sabes?

"¿Por qué iba a saberlo?"

—Eres un querubines.

"Incluso los querubines tiene sus límites. Cuando se planifican tres pruebas, nadie sabe de antemano cuáles son; incluso el Profesor podría no saberlo."

—Entonces, ¿qué hacemos? ¿Cómo lo averiguamos?

Proginoskes agitó varias alas poco a poco hacia atrás y hacia adelante en profunda reflexión, lo cual habría sido muy agradable en un día caluroso, pero en una mañana fría como ésta, hacía que Meg se subiera el cuello de su chaqueta. El querubines no se dio cuenta; continuó batiendo las alas y pensando. Entonces ella sintió sus palabras moverse lenta, tentativamente, dentro de su mente.

"Si has sido asignada a mí, supongo que también debes ser algún tipo de Nombradora, aunque sea de un nivel primitivo."

—¿Una qué?

"Una Nombradora. Por ejemplo, la última vez que estuve con un Profesor, o en la escuela, como ustedes la llaman, mi tarea consistía en memorizar los nombres de las estrellas."

—¿Qué estrellas?

"Todas las estrellas."

—¿Quieres decir *todas* las estrellas, de *todas* las galaxias?

"Sí. Si Él llama a alguna de ellas, alguien tiene que saber a cuál se refiere. De todos modos, a ellas les gusta; no hay muchos que las conozcan por su nombre, y si tu nombre no se conoce, desde luego produce una gran sensación de soledad."

—¿Se supone que debo aprenderme también los nombres de todas las estrellas? —era un pensamiento atroz.

"¡Santo cielo, no!"

—Entonces, ¿qué se *supone* que debo hacer?

Proginoskes agitó varias alas, lo cual, Meg estaba comenzando a entender, era más o menos su forma de expresar: "no tengo la menor idea".

—Bueno, entonces, si soy una Nombradora, ¿qué significa eso? ¿Qué es lo que hace una Nombradora?

Las alas se unieron, los ojos comenzaron a cerrarse individualmente y en grupos hasta que todos quedaron cerrados. Pequeñas bocanadas de humo rosa en forma de neblina se arremolinaron a su alrededor.

"Cuando memorizaba los nombres de las estrellas, parte del propósito era ayudar a cada una de ellas a ser más específicamente la específica estrella que cada una de ellas se supone que debe de ser. Eso es básicamente el trabajo de un Nombrador. Tal vez tengas que hacer que los terrícolas se sientan más humanos."

"¿Qué se supone que significa eso?", pensó Meg, se sentó en la roca junto a él; de alguna manera ya no tenía miedo de su aspecto salvaje, su tamaño, su fuego.

Él preguntó:

"¿Cómo te hago sentir?"

Ella vaciló, sin querer ser grosera, olvidando que los querubines, mucho más que Charles Wallace, no tenían la necesidad de que ella se expresara con palabras para saber lo que decía en su interior. Pero respondió con sinceridad:

—Confusa.

Varias bocanadas de humo ascendieron.

"Bueno, no nos conocemos muy bien todavía. ¿Quién te confunde menos?"

—Calvin —aquí no había ninguna duda—. Cuando estoy con Calvin, no me importa ser yo.

"¿Quieres decir que él te hace ser *más* tú, ¿verdad?"

—Creo que se podría decir de esa manera.

"¿Quién te hace sentir menos tú?"

—El señor Jenkins.

Proginoskes tanteó sin rodeos:

"¿Por qué te encuentras repentinamente molesta y asustada?"

—Él es el director de la escuela primaria del pueblo este año. Pero estaba en mi escuela el año pasado, y siempre me enviaban, castigada, a su oficina. Nunca entiende nada, y todo lo que hago está automáticamente mal. Charles Wallace, estaría probablemente mejor si no fuera mi hermano. Eso es suficiente para que no tenga opciones con el señor Jenkins.

"¿Eso es todo?"

—¿Qué quieres decir?

"Cuando dices *señor Jenkins* siento que te recorre una fría ola de terror, tanto que yo mismo siento frío."

—Progo, anoche sucedió algo, antes de conocerlos a ti y a Blajeny, cuando yo me hallaba sola en el jardín —su voz decayó.

"¿*Qué* pasó, terrícola? Dime. Tengo la sensación de que esto puede ser importante."

¿Por qué debería ser difícil contárselo a Proginoskes? El propio querubines era igual de increíble. Pero el querubines era él mismo, era Proginoskes, mientras que el señor Jenkins no había sido el señor Jenkins.

Mientras trataba de contárselo a Proginoskes, podía sentirlo alejarse, y de repente éste arrojó todas sus alas sobre sí mismo en un reflejo frenético de autoconservación. Entonces, dos ojos la miraron bajo una de sus alas: "Echthroi". Era una palabra horrible. Cuando Proginoskes la pronunció, la mañana pareció tornarse más fría.

—¿Qué dijiste? —preguntó Meg.

 98

"Tu señor Jenkins, el real, ¿podría hacer algo como lo que acabas de contarme? ¿Podría volar al cielo y disolverse en la nada? Esto no es algo que los seres humanos puedan hacer, ¿verdad?"

—No.

"¿Dices que era como un pájaro oscuro, pero un pájaro que se desintegró en la nada, y que rasgó el cielo?"

—Bueno, así es cómo lo recuerdo. Todo fue rápido e inesperado y yo estaba aterrada y no podía creer que realmente hubiera sucedido.

"Suena como si hubiesen sido los Echthroi", se cubrió los ojos de nuevo.

—¿Quiénes?

Poco a poco, aunque con un gran esfuerzo, se descubrió varios ojos.

"Los Echthroi. Oh, terrícola, si tú no conoces a los Echthroi…"

—Y no quiero. No si son como el que vi anoche".

Proginoskes batió sus alas.

"Creo que debemos de ir a ver a este señor Jenkins, el que dices que está en la escuela de tu hermano pequeño."

—¿Por qué?

Proginoskes retiró todas sus alas de nuevo. Meg podía sentirlo pensar de mal humor: "Me dijeron que sería difícil… ¿Por qué no me habrán enviado a algún lugar *tranquilo* a recitar los nombres de las estrellas otra vez? Estoy dispuesto incluso a memorizar farandolas… Nunca he estado antes en la Tierra, soy muy joven, tengo miedo de los planetas en sombra, ¿qué clase de estrella ha conseguido este planeta, de todos modos?".

Entonces él emergió, poco a poco, un par de ojos detrás

de otro.

"Megling, creo que has visto un *Echthros*. Si estamos tratando con Echthroi, entonces, lo sé con cada una de las plumas de mis alas —y tú puedes intentar contar mis plumas en algún momento—, tenemos que ir a ver a este señor Jenkins. Debe ser parte de la prueba."

—¿El señor Jenkins? ¿Parte de nuestra primera prueba? Pero eso no tiene sentido.

"Para mí sí."

—Progo —objetó ella—, es imposible. No puedo bajar de mi autobús escolar y caminar a la escuela primaria como lo hice cuando fui a hablar con el señor Jenkins sobre Charles Wallace, y menudo *bien* le hice.

"Si has visto un Echthros, todo es diferente", dijo Proginoskes.

—Está bien, puedo ir a la escuela, de acuerdo, pero es imposible llevarte conmigo. Eres tan grande que ni siquiera cabrías en el autobús escolar. Y en cualquier caso, aterrarías a todo mundo —al pensar en ello sonrió, pero Proginoskes no estaba en ánimo de reír.

"No todo el mundo es capaz de ver", le dijo a ella. "Soy real, y la mayoría de los terrícolas soportan muy poco la realidad. Pero si puede aliviar tu mente, me desmaterializaré." Agitó un par de alas grácilmente. "Para mí es realmente más cómodo no cargar con materia, pero pensé que sería más fácil para ustedes conversar con alguien que puedan ver."

El querubines estaba allí, delante de ella, cubriendo la mayor parte de la roca-mirador de las estrellas, y de repente desapareció. Ella creyó distinguir un ligero brillo en el aire, pero podría tratarse del alba. Ella podía sentirlo, sin embargo, moviéndose dentro de su mente.

"¿Te sientes muy valiente, Megling?"

—No —una luz tenue definió el horizonte oriental. Las estrellas estaban borrosas, casi invisibles.

"Creo que vamos a tener que ser valientes, hija de la Tierra, pero será más fácil porque estamos juntos. Me pregunto si el Profesor lo sabe."

—¿Si sabe qué?

"Que has visto a un Echthros."

—Progo, no lo entiendo. ¿Qué es un Echthros?

De repente, Proginoskes se materializó, elevó varias alas y las replegó.

"Ven, pequeña. Te llevaré a algún lugar de ayer y te lo mostraré."

—¿Cómo puedes llevarme al ayer?

"Es imposible que te lleve a hoy, tontita. Es hora de que vayas a desayunar, y a tu madre le disgusta la tardanza. ¿Y quién sabe lo que tendremos que hacer o dónde tendremos que ir antes de mañana? Ven", la atrajo más hacia él.

Ella se encontró mirando directamente a uno de sus ojos, un gran ojo de gato de color ámbar, el oscuro mandala de la pupila, revelador, convincente, atrayente.

Se sentía arrastrada hacia el óvalo, fue absorbida dentro de él, a través de él.

A la noche última que se hallaba en el otro lado.

Entonces sintió un gran viento en llamas, y sabía que, de alguna manera, ella misma era parte de ese viento.

De repente sintió un gran empujón, y se encontró en pie sobre una piedra desnuda en la cima de una montaña, y Proginoskes parpadeaba. Creyó ver el óvalo, el ojo-mandala a través del cual había llegado, pero no estaba segura.

El querubines levantó una gran ala para dibujar la lenta

curva del cielo que los cubría. Los cálidos tonos rosa y lavanda de la puesta de sol se fundieron, se atenuaron, se extinguieron. El cielo estaba empapado de verde en el horizonte, que se tornaba hacia arriba en un profundo azul purpúreo a través del cual las estrellas comenzaban a agruparse en constelaciones totalmente desconocidas.

Meg preguntó:

—¿Dónde estamos?

"No importa dónde estamos. Mira."

Se puso en pie junto a él, y contempló el brillo de las estrellas. Luego vino un sonido, un sonido que estaba por encima del sonido, más allá del sonido, un violento, silente, y eléctrico estallido de dolor que le hizo presionar sus manos contra sus oídos. A lo largo del cielo, donde las estrellas se agrupaban tan densamente como en la Vía Láctea, una grieta tembló, se astilló, se convirtió en una línea de nada.

Si este tipo de cosas estaba ocurriendo en el Universo, no importa cuán lejos de la Tierra y la Vía Láctea fuera, a Meg no le extrañaba que su padre hubiera sido convocado a Washington y Brookhaven.

—Progo, ¿qué es? ¿Qué ocurrió?

"Los Echthroi han Tachado, han marcado con una X."

—¿Qué?

"Aniquilado. Negado. Extinguido. Tachado."

Meg contempló con terrible fascinación la grieta en el cielo. Era la cosa más terrible que había visto jamás, más horrible que el señor Jenkins-Echthros la noche anterior. Ella se apretó contra el querubines, que la cubrió con sus alas, ojos y bocanadas de humo, pero aun así podía ver la rasgadura en el cielo.

No podía soportarlo.

Ella cerró los ojos para dejarla fuera. Trató de pensar en la cosa más reconfortante posible, la cosa más segura, razonable, corriente. ¿Cuál podía ser? La mesa de la cena en casa; invierno; las cortinas rojas cubriendo las ventanas, y una nieve silenciosa cayendo suavemente en el exterior; un fuego alimentado con madera de manzano en la chimenea y Fortinbras roncando alegremente en el hogar; como música de fondo *Los Planetas* de Gustav Holst, no, tal vez esto era demasiado reconfortante; en el oído de su mente lo sustituyó por una malísima grabación de la banda de la escuela, con Sandy y Dennys tocando en algún lugar de esa cacofonía.

La cena había terminado, y ella estaba recogiendo la mesa y comenzaba a lavar la vajilla y a escuchar a medias la conversación de sus padres, que estaban saboreando su café.

Era casi tan tangible como si estuviera realmente allí, y pensó que sentía a Proginoskes empujando en su mente, ayudándola a recordar.

¿Realmente había escuchado con atención a sus padres mientras caía el agua caliente sobre la vajilla? Sus voces se oían tan claras como si estuviera en la habitación. Su padre debe haber mencionado la cosa horrible que Proginoskes le había mostrado, la cosa horrible que era horrible, precisamente porque no era una cosa, porque *no era*. Ella podía oír, con demasiada claridad, la voz de su padre, tranquilo y racional, hablando a su madre.

—Esas cosas extrañas y poco razonables están sucediendo, no sólo en galaxias distantes. La sinrazón ha aumentado en nosotros tan insidiosamente que casi no hemos sido conscientes de ello. Pero piensa en las cosas que suceden en nuestro propio país que no habríamos creído posible hace sólo unos pocos años.

La señora Murry removía los posos de su café.

—No pienso que crea en todas ellas ahora, aunque sé que están sucediendo —ella levantó la vista para comprobar que los gemelos y Charles Wallace estaban fuera de la habitación, y que Meg estaba salpicando agua en el lavabo mientras limpiaba una olla—. Hace diez años, esta casa ni siquiera tenía cerradura. Ahora nos encerramos cuando salimos. La violencia irracional es aún peor en las ciudades.

El señor Murry comenzó a desarrollar una ecuación sobre el mantel distraídamente. Por una vez, la señora Murry ni siquiera pareció darse cuenta. Él dijo:

—Ellos nunca han conocido el tiempo en que la gente bebía agua de lluvia porque era pura, o que podía comer nieve, o nadar en cualquier río o arroyo. La última vez que vine conduciendo a casa desde Washington, el tránsito era tan lento que podría haber tardado menos montado a caballo. Había unos letreros enormes que proclamaban LÍMITE DE VELOCIDAD DE 100 km/h, y sin embargo nos arrastrábamos a menos de veinte.

—Y los niños y yo te guardamos la cena caliente durante tres horas, y finalmente comimos, fingiendo que no estábamos preocupados de que pudieras haber sufrido un accidente —dijo la señora Murry con amargura—. Aquí estamos, en el apogeo de la civilización en un Estado bien administrado dentro de una gran democracia. Y cuatro niños de diez años de edad fueron detenidos la semana pasada por pasar drogas duras en la escuela donde a nuestro hijo de seis años, le ponen regularmente los ojos morados y la nariz ensangrentada —de pronto ella se dio cuenta de la ecuación que crecía en el mantel.

—¿Qué estás haciendo?

—Tengo el presentimiento de que hay alguna conexión entre tus descubrimientos sobre los efectos de las farandolas en las mitocondrias, y ese fenómeno inexplicable en el espacio —su lápiz añadió una fracción, algunos caracteres griegos, y los elevó al cuadrado.

La señora Murry dijo en voz baja:

—Mis descubrimientos no son muy agradables.

—Lo sé.

—He aislado las farandolas porque algo más allá del incremento de la contaminación del aire debe tener relación con el acelerado número de muertes por insuficiencia respiratoria, y esta llamada gripe epidémica. Fue el microsonoscopio lo que me dio la primera pista —se detuvo bruscamente y miró a su marido—. Es el mismo sonido, ¿verdad? El extraño "llanto" de las mitocondrias enfermas y el "grito" captado en esas galaxias distantes por el nuevo paraboloidescopio, hay una similitud horrible entre ellos. No me agrada. No me agrada el hecho de que ni siquiera vemos lo que está pasando en nuestro propio jardín. L. A. lo está intentando tan honorablemente como un presidente puede hacerlo en un mundo que está tan embotado por el deshonor y la violencia que la gente casualmente lo da por supuesto. Tenemos que ver una enorme y calamitosa grieta en el cielo antes de empezar a tomar el peligro en serio. Y yo tengo que estar mortalmente preocupada por nuestro hijo menor antes de considerar las farandolas bajo un punto de vista cautivador y académico.

Meg se había apartado del lavabo en la cocina debido al dolor en la voz de su madre, y había visto a su padre extender el brazo través de la mesa para tomar la mano de su madre.

—Querida, esta actitud no es propia de ti. Con mi intelecto no veo motivos para nada más que pesimismo e incluso desesperación. Pero no puedo conformarme con lo que me dice mi intelecto. Eso no lo es todo.

—¿Que más hay? —la voz de la señora Murry sonaba grave y angustiada.

—Todavía hay estrellas que se mueven a un ritmo ordenado y hermoso. Todavía hay gente en este mundo que mantiene las promesas. Incluso las más pequeñas, como tu guiso de carne sobre el mechero Bunsen. Puedes hallarte en mitad de un experimento, pero no obstante recuerdas alimentar a tu familia. Eso es suficiente para mantener mi corazón optimista, no importa lo pesimista que esté mi mente. Y tú y yo tenemos mentes lo suficientemente despiertas para saber cuán limitadas y finitas son realmente. El intelecto desnudo es un instrumento extraordinariamente inexacto.

* * *

Proginoskes dijo:

"Tu padre es un hombre sabio."

—¿Puedes oír mis recuerdos?

"Estaba recordando contigo. La mayor parte de esa conversación no la oíste con tu mente consciente, ya sabes."

—Tengo muy buena memoria… —comenzó a decir Meg. Luego se detuvo—. Bueno. Sé que no podría haber recordado todo esto por mí misma. Supongo que, de alguna forma, sólo pesqué las ondas sonoras, ¿verdad? Pero, ¿cómo lo haces tú conmigo?

Proginoskes la miró con dos ojos de lechuza muy redondos.

"Estás empezando a aprender a *Transmitir*."[6]

---

[6] En el original, *kythe*, término que proviene del inglés antiguo y que significa anunciar, proclamar, decir, dar a conocer en palabras, manifestar, hacer visible. Hoy en día se halla en desuso pero ha sobrevivido en el dialecto escocés. De hecho, la propia L'Engle dice haber descubierto este término

—¿A qué?

"Es cómo hablan los querubines. Se habla sin palabras, de la misma manera que puedo ser yo mismo sin estar materializado."

—Pero yo tengo que tener cuerpo, y necesito comunicarme con palabras.

"Lo sé, Meg, respondió suavemente, y voy a seguir designando las cosas con palabras por ti. Pero sería de ayuda si recordaras esta Transmisión de los querubines sin palabras de tanto en tanto. Para ser una criatura humana, muestras un claro talento para emplear dicha Transmisión."

Ella se sonrojó ligeramente ante el cumplido; tenía la sensación de que realizar cumplidos no es un hábito que los querubines se permitan a menudo.

—Progo, me gustaría haber sido capaz de ver la ecuación que papá estaba garabateando sobre el mantel. Si la hubiera visto, podría estar en algún lugar de mi mente y tú podrías recuperarla.

"Piensa", dijo Proginoskes. "Te ayudaré."

—Mamá puso el mantel en la lavadora.

"Pero recuerdas que había algunas letras griegas."

—Sí...

"Déjame encontrarlas contigo."

Ella cerró los ojos.

"Así es. Relájate, ahora. Tal vez ésta sea nuestra forma para Transmitir. Trata de no pensar. Sólo déjame mover."

Por el rabillo del ojo de su mente ella parecía ver tres caracteres griegos entre los números en la holgadamente en-

en un antiguo diccionario de escocés que pertenecía a su abuelo, y ella lo utiliza en éste y otros libros con un sentido parecido al de telepatía.

cadenada ecuación que su padre estaba escribiendo sobre la tela. Ella pasó el pensamiento a Proginoskes.

"$\epsilon X\Theta$: epsilon, chi, y theta. Eso forma Echth", le dijo el querubines.

—Echthroi, pero ¿cómo podría saberlo papá?

"Piensa en la conversación que acabamos de traer al recuerdo, Meg. Tus padres son muy conscientes del mal en el mundo."

—Está bien. Sí. Lo sé. De acuerdo —Meg parecía enfadada—. Hasta que Charles empezó la escuela tenía la esperanza de que tal vez podríamos ignorarlo. Como las avestruces o algo así.

El querubines retiró sus alas de ella por completo, dejándola expuesta y con frío en la cima de la extraña colina.

"Abre los ojos y mira dónde se agrieta el cielo."

—Preferiría no hacerlo.

"Vamos. Tengo todos los ojos abiertos, y tú sólo tienes que abrir dos."

Meg abrió los ojos. La grieta en el cielo todavía estaba allí. Se preguntó la relación que este fenómeno lejano podría tener con la palidez de Charles Wallace, con la enfermedad mitocondrial, o con lo que fuera.

—¿Cómo, oh, Progo, cómo hicieron eso los Echthroi?

Al igual que Charles Wallace, él recogió su particular ansiedad.

"Tiene que ver con in-Nombrar. Si nosotros somos Nombradores, los Echthroi son in-Nombradores, o no-Nombradores."

—¿Progo, qué tiene que ver eso con el señor Jenkins?

Ella sintió una oleada de aprensión que le recorría su interior.

"Pequeña, creo que eso es lo que debemos averiguar. Pienso que es parte de nuestra primera prueba. Vamos."

La llevó de vuelta hacia sí otra vez; nuevamente se enfrentó con el ojo único, fue arrastrada a través de la abertura, la pupila oval. A continuación, la pupila se cerró, y ellos estaban juntos en la roca-mirador de las estrellas con el amanecer iluminando lentamente el este.

Progo extendió sus alas por completo, y ella salió.

"¿Qué hacemos ahora?", dijo él.

¿El querubines le estaba preguntando a *ella*?

—No soy más que un ser humano, y no del todo adulto —respondió ella—. ¿Cómo podría saberlo?

"Megling, nunca antes había estado en tu planeta. Ésta es tu casa. Charles Wallace es tu hermano. Tú eres la que conoce al señor Jenkins. Tienes que decirme lo que vamos a hacer ahora."

Meg zapateó, fuertemente y con rabia, contra la superficie dura y fría de la roca.

—¡Es demasiada responsabilidad! ¡Aún soy sólo una niña! ¡Yo no pedí nada de esto!

"¿Te estás negando a presentar la prueba?", Proginoskes se separó de ella.

—¡Pero yo no pedí esto! ¡Yo no pedí que viniera Blajeny, o tú, o nada de ello!

"¿No lo hiciste? Pensé que estabas preocupada por Charles Wallace."

—¡Lo estoy! ¡Estoy preocupada por todo!

"Meg", Proginoskes se tornó sombrío y severo. "¿Vas a aceptar someterte a la prueba? Tengo que saberlo. Ahora."

Meg zapateó otra vez.

—Por supuesto que lo haré. Sabes que tengo que hacerlo. Charles Wallace está en peligro. Haré cualquier cosa para ayudarlo, aunque parezca tonto.

"Entonces, ¿qué hacemos ahora?"

Ella acomodó sus gafas, como si eso la ayudara a pensar.

—Será mejor que vaya a casa a tomar el desayuno. Después subiré al autobús de la escuela, hace una parada en la parte baja de la colina y tal vez sea mejor que me esperes allí. Fortinbras podría ladrarte; estoy seguro de que sabrá que estás en casa, incluso si te desmaterializas, o como lo llames.

"Lo que pienses que sea mejor", dijo Proginoskes dócilmente.

—Estaré al pie de la carretera a las siete en punto. El autobús de la escuela cubre tanta distancia y hace tantas paradas que demora una hora y media, y yo abordo en una de las primeras paradas.

Sintió una respuesta de consentimiento del querubines, y luego desapareció; ella no podía ver ni siquiera un centelleo, o sentir un atisbo de él en su mente. Se dirigió de nuevo a la casa. Mantuvo la linterna encendida, no por las conocidas curvas del camino, sino por la posibilidad de nuevas y desconocidas sorpresas, que pudieran estar esperándola.

Cuando Meg llegó al muro de piedra, Louise la Más Grande estaba allí. Esperando. Ni en actitud de saludo ni en actitud de ataque. Esperando. Meg se acercó a ella con cautela. Louise la observó a través de unos ojos que brillaban con la linterna como el agua de un pozo muy profundo.

—¿Puedo pasar, por favor, Louise? —preguntó Meg con timidez.

Louise se desenrolló, agitándose levemente en señal de saludo, sin dejar de mirar fijamente a Meg. Luego inclinó la cabeza y se deslizó en las rocas. Meg sintió que Louise había estado esperándola para hacerle una advertencia sobre lo que fuera que le esperara a continuación, y desearle lo mejor. Era extrañamente reconfortante saber que los buenos deseos de Louise estaban con ella.

Para desayunar había salchichas así como crema de avena caliente. Meg sintió que debía comer con buen apetito, porque, ¿quién podría saber lo que le esperaba? Pero ella sólo pudo engullir unos pocos bocados.

—¿Estás bien, Meg? —le preguntó su madre.

—Estoy bien. Gracias.

—Te ves un poco pálida. ¿Seguro que no has caído enferma de algo?

Su madre estaba preocupada por este asunto de las mitocondrias.

—Son sólo los dolores normales de la adolescencia —le sonrió a su madre.

Sandy dijo:

—Si no quieres tu salchicha, me la comeré yo.

Dennys añadió:

—La mitad para mí, ¿de acuerdo?

Charles Wallace comió lenta y deliberadamente un cuenco lleno de avena, y les dio a los gemelos su salchicha.

—Pues, entonces —Meg lavó la vajilla y la guardó—. Me voy.

—Espéranos —dijo Sandy.

Ella no quería esperar a los gemelos y escuchar su parloteo durante el trayecto hasta el autobús. Por otra parte, le evitaría pensar en lo que le esperaba. Ella había pensado en el señor Jenkins desde lo más lejano que podía recordar con disgusto, fastidio, y esporádico desprecio, pero nunca antes

 111

con miedo.

Cuando salió de la casa tenía una hórrida sensación pre-monitoria de que pasaría mucho tiempo antes de que pudiera regresar. De nuevo deseaba que Fortinbras los acompañara, como hacía a menudo, y que luego regresara para hacer el camino a pie de nuevo con Charles Wallace.

Pero esta mañana no mostró ninguna inclinación por dejar el calor de la cocina.

—¿Qué crees que pasará hoy? —preguntó Sandy mientras bajaban la colina con el frío del amanecer.

Dennys se encogió de hombros.

—Nada. Lo de siempre. Te reto a una carrera hasta el pie de la colina.

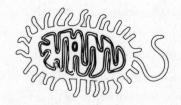

CINCO

La primera prueba

Meg y el querubines llegaron sin problemas al patio de la escuela, todavía desierta.

—Tenemos que esperar un buen rato —le dijo Meg—, y para ti no hay problema, tú eres invisible. Pero yo tengo que encontrar un lugar para esconderme —no podía ver a Proginoskes, pero hablaba al tenue resplandor en el aire donde ella sabía que estaba.

"Llegas tarde", dijo el querubines, y Meg se dio la vuelta para ver al señor Jenkins acercarse atravesando el patio de la escuela desde el estacionamiento del profesorado.

El señor Jenkins. El corriente, cotidiano y habitual señor Jenkins. No se oyó ningún siseo ni chasquido de serpiente dirigido hacia él, y no hizo más que continuar su camino a través del patio de la escuela. Tenía el aspecto de siempre. Vestía su traje oscuro habitual, el cual no importa con qué frecuencia lo cepillara siempre tenía un pequeño montículo de caspa en sus hombros. Su pelo salpimentado lo llevaba corto, y sus ojos eran de un color fangoso tras sus lentes bifocales. No era ni alto ni bajo, ni gordo ni delgado, y cada vez que Meg lo miraba, los pies de ella parecían hacerse más grandes y no era capaz de hallar un lugar para descansar las manos.

—Muy bien, Margaret, ¿qué es esto? ¿Qué haces aquí? —tenía todo el derecho a sonar molesto.

No tenía respuesta alguna. Sentía a Proginoskes cerca de ella, sentía su mente dentro de ella, pero él no le sugería algo.

—Mi querida niña —dijo el señor Jenkins, y su voz era insólitamente compasiva—. Si has venido de nuevo por tu hermano pequeño, ahora puedo decirte que estamos revisando su caso. Mi política educativa no contempla tener un niño intimidado por sus compañeros. Pero nuestras pruebas iniciales muestran que los talentos de Charles Wallace son tan inhabituales que deben tomarse medidas inusuales. He realizado varias consultas con el Consejo del Estado, y estamos pensando en conseguir un tutor especial para él.

Meg miró con recelo al director. Sonaba demasiado bueno para ser cierto.

Y Louise había estado tratando de advertirle de algo. ¿De qué?

El querubines también estaba incómodo. Lo sintió moverse de forma suave en su mente, sintiendo su respuesta a este señor Jenkins inesperadamente razonable.

—Eso no tiene sentido —dijo el señor Jenkins al señor Jenkins—. No podemos hacer una excepción para ningún niño. Charles Wallace Murry debe aprender a convivir.

Un segundo Jenkins estaba de pie al lado del señor Jenkins. Era imposible. Era tan imposible como…

Pero *había* dos ariscos e idénticos señores Jenkins parados delante de ella.

Proginoskes centelleó, pero no se materializó. Meg retrocedió hacia el brillo; sintió que el querubines estaba desplegando un ala invisible y acercándola a él. Podía sentir su tremendo y salvaje latido de corazón, un latido asustado, tronando en sus oídos.

"Somos Nombradores", le oyó decir a través de la agitación del corazón. "Somos Nombradores. ¿Cuál es su nombre?"

—Señor Jenkins.

"No, no. Ésta es la prueba, Meg, tiene que serlo. Uno de estos señores Jenkins es un Echthros. Tenemos que saber cuál es el *verdadero* señor Jenkins."

Meg miró a los dos hombres que permanecían mirándose el uno al otro.

—Progo, tú puedes sentir dentro de mí. ¿No puedes sentir dentro de ellos? ¿No puedes Transmitir en ellos?

"No cuando no sé quiénes son. Tú eres quien conoce al prototipo."

—¿El qué?

"El original. El único señor Jenkins que es el señor Jenkins. Mira…"

De pronto, al lado de los dos señores Jenkins apareció un tercer señor Jenkins. Él levantó una mano en señal de saludo, no a Meg, sino a los otros dos hombres junto a ellos.

—Dejen a la pobre chica a solas unos minutos —dijo el tercer señor Jenkins.

Los tres hombres se dieron la vuelta con rigidez, como marionetas, cruzaron el patio y entraron en el edificio.

"Debemos pensar. Debemos pensar", la Transmisión de Proginoskes casi se volvió opaca por un segundo, y Meg sintió que estaba conteniéndose de expulsar fuego.

Meg dijo:

—Progo, si realmente eres un querubines…

Hubo una gran y creciente ola invisible de indignación a su alrededor.

Ella golpeó el puño cerrado de una mano contra la palma de la otra.

—Espera. Me dijiste que pensara, y estoy pensando.

"No tienes que pensar en voz alta. No tienes que hablar para pensar, en cualquier caso. Me estás ensordeciendo. Intenta Transmitir conmigo, Meg."

—Todavía no entiendo este procedimiento. ¿Es como la telepatía?

Proginoskes vaciló.

"Podría decirse que la telepatía es el primer estadio del aprendizaje de la Transmisión. Pero el lenguaje angelical está en total Transmisión contigo, con las estrellas, con las galaxias, con la sal en el océano, con las hojas de los árboles."

—Pero yo no soy un querubines. ¿Cómo lo hago?

"Meg, tu cerebro almacena todas las impresiones sensoriales que recibe, pero tu mente consciente no tiene una llave al almacén de los recuerdos. Todo lo que quiero que hagas es que te abras a mí para que yo pueda abrir la puerta al almacén de tu mente."

—De acuerdo. Lo intentaré… —abrirse por completo al querubines, hacerse completamente vulnerable, no iba a ser fácil. Pero confiaba tácitamente en Proginoskes—. "Escucha", pensó ella, "los querubines han venido a mi planeta antes".

"Lo sé. ¿De dónde crees que he conseguido mi información?"

"¿Qué sabes acerca de nosotros?"

"He oído que su planeta anfitrión está ensombrecido, que está afligido."

"Pero hay cosas hermosas", dijo Meg a la defensiva.

Ella sintió un murmullo de sus alas.

"¿En medio de sus ciudades?"

"Bueno, no, pero yo no vivo en una ciudad."

"¿Y su planeta es pacífico?"

"Bueno, no, no es muy pacífico."

"Es la idea que tenía", Proginoskes se movió a regañadientes dentro de su mente, "que hay guerras en su planeta. La gente lucha y se mata".

"Sí, eso es así, pero..."

"Y los niños mueren de hambre."

"Sí."

"Y la gente no se entiende."

"No siempre."

"¿Y hay, hay odio?"

"Sí."

Sentía a Proginoskes alejándose.

"Todo lo que quiero hacer", murmuraba para sí mismo, "es ir a algún lugar tranquilo y recitar los nombres de las estrellas...".

"¡Progo! Me dijiste que ambos somos Nombradores, pero todavía no *sé* qué *es* un Nombrador."

"Te lo he *dicho*. Un Nombrador tiene que saber qué son las personas, y qué están destinadas a ser. No sé por qué debería sorprenderme encontrar Echthroi en su planeta."

"¿Por qué están ellos aquí?"

"Los Echthroi están siempre cerca cuando hay guerra. Ellos comienzan todas las guerras."

"Progo, vi todo el horror que me enseñaste, la grieta del cielo y todo lo demás, pero todavía no me has dicho exactamente qué son los Echthroi."

Proginoskes sondeó en su mente, buscando palabras que Meg pudiera entender.

"Creo que su mitología los llamaría ángeles caídos. Lo que les interesa es la guerra y el odio, y una de sus principales

117

armas es que la gente no sepa quiénes son los hacedores-de-in-Nombradores. Si alguien sabe quiénes son, si realmente lo sabe, entonces no necesita odiar. Es por eso que todavía necesitamos Nombradores, porque hay lugares en todo el Universo como tu planeta Tierra. Cuando todo el mundo sea Nombrado real y verdaderamente, entonces los Echthroi serán vencidos."

"¿Pero qué...?"

"Oh, terrícola, terrícola, ¿por qué crees que Blajeny te llamó? Se está librando una guerra en el cielo y necesitamos toda la ayuda que podamos conseguir. Los Echthroi se están expandiendo a través del Universo. Cada vez que una estrella se apaga, otro Echthros ha ganado una batalla. Una estrella o un niño o una farandola, el tamaño no importa, Meg. Los Echthroi están tras Charles Wallace y el equilibrio de todo el universo puede verse alterado por el resultado."

"Pero Progo, ¿qué tiene esto que ver con nuestra prueba, y con los tres señores Jenkins. Es una locura."

Proginoskes respondió fría y quedamente:

"Precisamente."

En el frío y la tranquilidad llegó el sonido de los autobuses escolares que arribaban, la apertura de las puertas, los niños corriendo al interior del edificio de la escuela.

Charles Wallace era uno de esos niños.

Proginoskes se movió en silencio en su mente a través del rumor.

"No me malinterpretes, Meg. Son las maneras de los Echthroi las que son una locura. Los métodos de los Profesores a menudo son extraños, pero nunca aleatorios. Sé que el señor Jenkins debe tener algo que ver con ello, algo importante, de lo contrario, no estaría aquí."

Meg dijo con tristeza:

"Si odio al señor Señor Jenkins cada vez que pienso en él, ¿entonces lo estoy Nombrando?"

Proginoskes cambió sus alas de postura.

"En ese caso lo estás Tachando, como si lo Marcaras con una X, al igual que lo hacen los Echthroi."

"¡Progo!"

"Meg, cuando la gente no sabe lo que es, o bien está abierta a ser Tachada, o bien a ser Nombrada."

"¿Y tú piensas que yo debo Nombrar al señor Jenkins?", era una idea ridícula; no importa cuántos señores Jenkins hubiera, él era el señor Jenkins. Así de simple.

Pero Proginoskes no dejó lugar a dudas:

"Sí."

Meg gritó con rebeldía:

"Pues bien, creo que se trata de una prueba estúpida."

"Lo importante no es lo que tú piensas. Lo que tú hagas, será lo que cuente."

"¿Cómo puede él ayudar a Charles?"

"No lo sé. No tenemos que saberlo todo desde el principio. Hagamos una cosa después de otra, tal y como se nos vaya presentando."

"Pero, ¿cómo lo hago? ¿Cómo Nombro al señor Jenkins si todo lo que pienso cuando lo veo es lo horrible que es?"

Proginoskes suspiró y agitó varias alas al cielo tan violentamente que se levantó a varios centímetros del suelo, se materializó, y se posó en el suelo con un ruido sordo.

"Hay una palabra, pero si la digo, tú la malinterpretarás."

"Tienes que decírmela."

"Es una palabra de cuatro letras. ¿No son consideradas las palabras de cuatro letras las peores en tu idioma?"

"Vamos. He visto todas las palabras de cuatro letras escritas en las paredes del baño de la escuela."

Proginoskes dejó escapar una pequeña bocanada de humo.

"Mora."

"¿Qué?"

"Amor. Eso es lo que hace que las personas sepan quiénes son. Estás llena de amor, Meg, pero no sabes qué hacer con él cuando la situación se dificulta."

"¿Qué quieres decir?"

"Oh, tú amas a tu familia. ¡Es fácil! A veces cuando te sientes muy mal por alguien, regresas a tu estado correcto al pensar en… bueno, me parece que me estás diciendo que una vez acudiste al amor por pensar en Charles Wallace."

"Sí…"

"Pero esta vez no puede ser fácil. Tienes que continuar a la siguiente etapa."

"Si quieres decir que tengo que amar al señor Jenkins, tendrás que pensar en otra cosa", espetó Meg.

Proginoskes exhaló un fuerte suspiro.

"Si pasamos la prueba, podrás seguir y serás instruida, ¡oh!, algunas de las cosas que me enseñaron durante mi primer bienio con los Profesores. Tuve que pasar una galaxia de pruebas antes de poder calificar como un Nombrador de Estrellas. Pero tú eres un ser humano, y contigo todo es muy diferente. Siempre me olvido de eso. ¿Soy digno de ser amado? ¿Por ti?"

Todo alrededor de Meg, los ojos se abrieron y cerraron; las alas cambiaron; una pequeña llama quemó su mano y fue rápidamente extinguida. Ella tosió y luego lamió la parte quemada de su mano. Pero lo único que quería era poner sus brazos alrededor de Proginoskes, como lo haría con Charles Wallace.

"Eres encantador."

"¿Pero no me amas de la forma en que amas a ese chico flaco, Calvin?"

"¡Eso es diferente!"

"Me lo imaginaba… Ésa es la cuestión confusa. Tampoco es la forma en la que tienes que hacerlo para Nombrar a Jenkins."

"El señor Jenkins no me agrada."

"Meg, es la prueba. Tienes que Nombrar al verdadero señor Jenkins, y yo tengo que ayudarte. Si fallas, yo también fallaré."

"¿Entonces, qué pasaría?"

"Es tu primera vez con un Profesor. Y sería la última."

"¿Y tú?"

"Cuando uno ha estado con los Profesores tan a menudo como lo he estado yo, a uno se le da una sola opción. Podría acabar entre los Echthroi…"

"¿Qué?"

"Algunos de los que fallan, lo hacen."

"Pero los Echthroi son…"

"Sabes lo que son. Agrietadores del cielo. Extinguidores de luz. Oscurecedores de planetas. Los dragones. Los gusanos. Los que odian."

"Progo, tú no podrías."

"Espero que no. Pero otros lo han hecho. No es una elección fácil."

"Si no vas con los Echthroi…"

Todos los ojos de Proginoskes estaban protegidos por sus alas.

"Soy un Nombrador. Los Echthroi me in-Nombrarían. Si no fuese con ellos, entonces yo mismo habría de Tacharme."

"¡¿Qué?!"

"Responde este acertijo. ¿Qué es de lo que más tienes, de lo que más entregas?"

"Oh, supongo que amor."

"Así que, si Nombrar me importa más que cualquier otra cosa, entonces tal vez tenga que entregarme a mí mismo, si es la única manera de mostrar mi amor. Todo por completo. Tacharme a mí mismo."

"¿Si lo hicieras, si te Tacharas, sería para siempre?", preguntó Meg con aprensión.

"Nadie lo sabe. Nadie lo sabrá hasta el fin de los tiempos."

"¿Yo también deberé tomar esa elección, si… si fallamos?", ella se apartó del edificio de la escuela, hacia los tempranos gritos y silbidos de la mañana, y apretó el rostro contra las suaves plumas de una gran ala.

"No es una opción dada a los mortales, terrícola."

"¿Todo lo que me sucedería es que me iría a casa?"

"Si puedes decir que eso es *todo*. Habría regocijo en el infierno. Pero tal vez no creas en el infierno."

Meg apartó de su mente ese pensamiento.

"Pero si fallamos, entonces tú…"

"Debo escoger. Es mejor ponerme la X yo mismo que ser Tachado por los Echthroi."

"Lo que me llevaste a ver, ¿era de lo que mamá habló a la mesa, aquello para lo que papá fue a Brookhaven? No parece tener mucho que ver con el señor Jenkins. Es todo tan cósmico, tan grande…"

"Lo que importa no es el tamaño, Meg. En este momento es Charles Wallace. Los Echthroi aniquilarían a Charles Wallace."

"¡Un pequeño niño!"

"Tú misma has dicho que es un niño especial."

"Él lo es, oh, él lo es", Meg dio un salto de sorpresa cuando la primera campanada sonó en el interior del edificio de la escuela, estridente, exigente. "Progo, no entiendo nada de nada, pero si piensas que Nombrar a Jenkins va a ayudar a Charles Wallace, haré todo lo posible. ¿Me ayudarás?"

"Lo intentaré", pero Proginoskes no sonaba confiado.

De su alrededor llegaba el estruendo habitual de la jornada escolar.

Entonces la puerta de la cafetería-gimnasio se abrió, y un señor Jenkins salió. ¿Qué señor Jenkins? Era imposible diferenciarlos. Meg miró al querubines, pero se había desmaterializado de nuevo, dejando sólo un brillo para mostrar dónde estaba.

El señor Jenkins llegó hasta donde estaba la chica. Ella comprobó sus hombros. Había caspa en ellos. Ella se acercó: lo olió: sí, tenía el olor a viejo fijador para el pelo del señor Jenkins, y lo que ella siempre pensó que era un perfume de desodorante rancio. Pero los tres señores Jenkins podrían tener esas características, estaba segura de ello. No iba a ser tan sencillo.

Él la miró con frialdad, de la forma habitual, por un lado de su nariz ligeramente torcida.

—Asumo que estás tan confundida por todo esto como yo, Margaret. No tengo idea de por qué dos hombres extraños deberían desear suplantarme. Es de lo más inoportuno, justo al comienzo de la escuela, cuando ya estoy con exceso de trabajo. Me han dicho que tiene algo que ver contigo, así como con tu desafortunado hermanito. Tenía la esperanza de que este año, por fin, no fueras uno de mis problemas. Me da la impresión de que he tenido que pasar más tiempo contigo que con cualquier otro estudiante de la escuela. Sin duda, es mi desgracia. Y ahora no sólo tengo que lidiar con tu hermano pequeño, que es igualmente difícil, sino que aquí estás tú de nuevo.

Éste era el Señor Jenkins. Había aprovechado el tema de este discurso con infinitas variaciones casi cada vez que ella era enviada a su oficina.

—Por alguna oscura razón para mí, se supone que debes elegir entre los impostores y yo. Sin duda, está dentro de mis intereses que pases esta absurda prueba. Entonces, tal vez pueda mantenerte alejada de mi escuela.

—Y entonces —dijo el señor Jenkins Dos, que apareció al lado del señor Jenkins Uno— tendré tiempo para concentrarme en los problemas actuales en lugar de en aquellos que deberían formar parte del pasado. Ahora, Meg, si por una vez en tu vida lo hicieras a mi manera, y no a la tuya… Entiendo que seas bastante brillante en matemáticas. Pero si simplemente dejaras de abordar cada problema de tu vida como si fueras Einstein y tuvieras que resolver los problemas del Universo, y te dignaras a seguir una o dos reglas básicas, tú y yo tendríamos muchos menos problemas.

Éste también era Jenkins en estado puro.

El resplandor del querubines vaciló, incómodo.

—Meg —dijo el señor Jenkins Dos—, te insto a resolver este absurdo y a decir a los impostores que yo soy el señor Jenkins. Toda esta farsa me está haciendo perder una gran cantidad de tiempo. Soy el señor Jenkins, como tú bien sabes.

Sentía a Proginoskes sondeando incontroladamente.

"¿Meg, cuándo has sido más *tú*, realmente la más *tú*?"

Cerró los ojos, y recordó la primera tarde que Calvin había venido a casa de los Murry. Calvin era un estudiante de primera, pero era mucho mejor con las palabras que con los números, y Meg le había ayudado con un problema de trigonometría. Ya que en el grado de Meg no se enseñaba trigonometría, su enorme nivel fue una de las primeras sorpresas que causó en Calvin. Pero en ese momento, ella no había pensado en sorprenderlo. Se había concentrado totalmente en Calvin, en lo que estaba haciendo, y se había sentido totalmente viva y ella misma.

"¿Cómo nos ayudará esto?", le preguntó al querubines.

"Piensa. En ese entonces no conocías muy bien a Calvin, ¿verdad?"

"No."

"Pero lo amabas, ¿verdad?"

"¿En ese entonces? Yo no estaba pensando en el amor. Estaba pensando en trigonometría."

"Con más razón", dijo Proginoskes, como si eso explicara toda la naturaleza del amor.

"Pero no puedo pensar en trigonometría con el señor Jenkins. Y tampoco puedo amarlo."

"¿Me amas a mí?"

"Pero, Progo, eres tan horrible que eres adorable".

"Al igual que él. Y tú tienes que Nombrarlo."

El tercer señor Jenkins se unió a los otros dos y dijo:

—Meg, deja de lado el pánico y escúchame.

Los tres hombres estaban uno al lado del otro, idénticos, grises, adustos, empecinados, con exceso de trabajo: era imposible amarlos.

—Meg —dijo el señor Jenkins Dos—, si me nombras, y rápidamente, procuraré que Charles Wallace sea puesto en manos de médicos competentes de inmediato.

—No es tan sencillo —dijo el señor Jenkins Tres—. Después de todo, sus padres...

—... no saben cómo manejar la situación, ni entienden lo grave que es —completó enérgicamente el señor Jenkins Dos.

El señor Jenkins Tres cambió de tema.

—Meg, ¿no te parece extraordinario que tengas que enfrentarte a tres como yo?

No parecía haber respuesta a esa pregunta.

El señor Jenkins Uno se encogió de hombros con fastidio.

El señor Jenkins Dos dijo:

—Es imperativo que nos ciñamos a lo esencial en este punto. Nuestro número es una cuestión secundaria —el verdadero señor Jenkins era muy aficionado a descartar aspectos secundarios y ceñirse a lo esencial.

El señor Jenkins Tres dijo:

—Que hay uno solo de nosotros, y que ése soy yo, es el punto principal.

El Señor Jenkins Dos resopló:

—Salvo por la pequeña pero importante salvedad de que ése soy yo. Este juicio al que se nos ha sometido es extraordinario. Ninguno de nosotros, es decir, tú y yo, Margaret, volveremos a ser los mismos. Ser confrontados con estas dos visiones especulares de mí me ha hecho verme de otra manera. A nadie le gusta verse a sí mismo como debe parecer a los demás. Entiendo tu punto de vista mucho mejor de lo que lo hacía antes. Tenías razón de acudir a mí acerca de tu hermano pequeño. Él es, en efecto, especial, y he llegado a la conclusión de que he cometido un error al no percibir esto, y tratarlo en consecuencia.

—No confíes en él —dijo el señor Jenkins Tres.

El Señor Jenkins Dos intervino.

—Creo que tú y yo tuvimos, ¿podríamos llamarlo un desencuentro?, acerca de las importaciones y exportaciones de Nicaragua, que se suponía que debías aprender en una de tus clases de ciencias sociales. Tenías razón cuando insistías en que no era necesario para ti aprender cuáles eran las importaciones y exportaciones de Nicaragua. Intentaré no cometer el mismo tipo de error con Charles Wallace. Si los intereses de Charles Wallace son diferentes de los de nuestros alumnos habituales de primer grado, trataremos de entender que ha sido enseñado por un padre que es un eminente físico. Lo siento por todo el dolor innecesario que te he causado. Y puedo asegurarte que si me Nombras, Charles Wallace encontrará la escuela un lugar más agradable, y no tengo ninguna duda de que su salud mejorará.

Meg miró con recelo al señor Jenkins Dos. Éste era, ciertamente, un señor Jenkins cambiado, y ella no confiaba en el cambio. Por otro lado, ella recordaba vívidamente la batalla que habían tenido sobre las importaciones y exportaciones de Nicaragua.

El señor Jenkins Tres murmuró:

—Me parece que el caballero protesta demasiado.[7]

El señor Jenkins Dos farfulló:

—¿Qué dices?

El señor Jenkins Uno puso la mirada en blanco.

El señor Jenkins Tres gritó triunfalmente:

—Podría haberte dicho que él no reconocería a Shakespeare. Es un impostor.

Meg tenía sus dudas acerca de si el verdadero señor Jenkins reconocería a Shakespeare o no.

El señor Jenkins Dos dijo:

---

[7] Una referencia a *Hamlet* de Shakespeare.

—El asunto de Shakespeare es secundario. Si he estado irritable a menudo en el pasado es porque me he preocupado. A pesar de tu opinión poco agradable de mí, no me gusta ver infeliz a ninguno de mis niños —se sorbió la nariz.

El señor Jenkins Uno miró su nariz:

—Si tuviera la cooperación del Comité Escolar y de la Asociación de Padres, esto podría desatar mis manos para que yo pudiera lograr cambiar algo.

Meg miró a los tres hombres vestidos con sus idénticos trajes.

—Es como un juego de la televisión.

—No es un juego —dijo el señor Jenkins Tres bruscamente—. Las apuestas son demasiado altas.

Meg preguntó:

—¿Qué les sucedería a ustedes, a todos ustedes, si Nombrara a la persona equivocada?

Por un momento todos los átomos del aire en el patio de la escuela parecieron temblar; era como si un rayo de nada hubiera cruzado por el patio del colegio, rasgando el tejido de la atmósfera, y luego la hubiera cerrado otra vez. A pesar de que no había sido visible, Meg pensó en un oscuro y terrible buitre cortando el cielo.

El señor Jenkins Uno dijo:

—No creo en lo sobrenatural. Pero esta situación es del todo anormal —su nariz de roedor se retorció en un color rosa de disgusto.

A continuación, los tres hombres se dieron vuelta cuando la puerta lateral de la escuela se abrió, y Charles Wallace, con Louise la Más Grande posada alrededor de su brazo y hombros, bajó los escalones y atravesó el patio de la escuela.

SEIS

El verdadero señor Jenkins

—¡Charles! —exclamó Meg.

Los tres señores Jenkins levantaron las manos en señal de advertencia, diciendo al mismo tiempo:

—¿Charles Wallace Murry, qué sucede *ahora*?

Charles Wallace miraba con interés a los tres hombres.

—Hola, ¿qué es esto?

El Señor Jenkins Uno dijo:

—¿Qué haces con esa… esa…?

Los tres hombres se mostraban visiblemente temerosos de Louise. Era imposible saber cuál era el "verdadero" señor Jenkins por una variación en la respuesta a la serpiente. Louise alzó la cabeza con los ojos medio cerrados, y emitió el extraño chasquido de advertencia que Meg había oído la noche anterior. Charles Wallace la acarició con dulzura, y miró especulativamente a los tres hombres.

—Se suponía que hoy debíamos traer una pequeña mascota a la Escuela para compartir con la clase.

Meg pensó: "Bien por ti, Charles, por pensar en Louise la Más Grande. Si aterrorizas al señor Jenkins, eso te hará subir un nivel en la estimación que los otros niños tienen de ti. Si hay una cosa en la que todo el mundo en la escuela está de acuerdo es que el Señor Jenkins es un roedor retrasado".

Los tres señores Jenkins dijeron severamente:

—Sabes perfectamente a qué pequeños animales domésticos nos referíamos, Charles Wallace. Tortugas o peces tropicales o tal vez incluso un hámster.

—O un jerbo —agregó el señor Jenkins Dos—. Un jerbo sería aceptable.

—¿Por qué se ha multiplicado? —preguntó Charles Wallace—. Uno de ustedes ya me parece más que suficiente.

Louise chasqueó de nuevo; era un sonido escalofriante.

El señor Jenkins Tres reclamó:

—¿Por qué no estás en clase, Charles?

—Porque la maestra me dijo que tomara a Louise la Más Grande y regresara a casa. Realmente no entiendo por qué. Louise es amigable y ella no le haría daño a nadie. Sólo las niñas le tenían miedo. Ella vive en nuestro muro de piedra que da al huerto de los gemelos.

Meg miró a Louise, a sus ojos encapuchados, a la posición cautelosa de su cabeza, a la contracción de alarma de los últimos centímetros de su cola negra. Blajeny les había dicho que Louise era una Profesora. La misma Louise no había levantado dudas en las últimas veinticuatro horas de que era más que una serpiente de jardín común y corriente. Louise sabría, sabía, Meg estaba segura de ello, quién era el verdadero señor Jenkins. Tragándose su propia timidez con todas las serpientes, ella extendió la mano hacia Charles Wallace.

—Déjame sostener a Louise un momento, por favor, Charles.

Pero Proginoskes le habló mentalmente:

"No, Meg. Tienes que hacerlo tú misma. No puedes dejar que Louise lo haga por ti."

Muy bien. Ella aceptaba eso. Pero quizá Louise todavía pudiera ayudarla.

Charles Wallace observó cuidadosamente a su hermana. Luego extendió el brazo en el cual Louise estaba medio enrollada. La serpiente se deslizó sinuosamente hacia Meg. Su cuerpo se sentía frío, y hormigueaba de electricidad. Meg trató de no estremecerse.

—Señor Jenkins —dijo Meg—. Respóndanme, cada uno de ustedes. Uno después de otro. ¿Qué van a hacer respecto a Charles Wallace y Louise? Charles Wallace no puede caminar solo hasta casa. Está demasiado lejos. ¿Qué van a hacer respecto a Charles Wallace y la escuela en general?

Nadie se ofreció a responder. Los tres plegaron sus brazos sobre el pecho, impasibles.

—Señor Jenkins Tres —dijo Meg.

—¿Me estás Nombrando, Meg? Eso es correcto.

—Todavía no he Nombrado a nadie. Quiero saber lo que va a hacer usted.

—Pensé que ya te lo había dicho. Es una situación que voy a tener que manejar cuidadosamente. Fue una tontería que Charlie trajera una serpiente a la escuela. Las serpientes son bastante aterradoras para algunas personas, ya lo sabes.

Louise siseó lentamente. El señor Jenkins Tres palideció.

Él dijo:

—Tendré una sesión larga y tranquila con la maestra de Charles Wallace. A continuación, hablaré con cada niño de primer grado, por separado. Me encargaré de que cada uno tenga su comprensión del problema. Si algunos de ellos se agrupan y tratan de intimidarlo, utilizaré métodos disciplinarios fuertes. Esta escuela ha sido dirigida de una manera demasiado laxa y permisiva. A partir de ahora, tengo la intención de sujetar las riendas. Y ahora, Charles Wallace, te llevaré en auto a casa. Tu hermana llevará tu mascota.

Meg se apartó de él.

—¿Señor Jenkins Dos?

El Señor Jenkins Dos se adelantó un paso.

—Fuerza, eso es por lo que está abogando este impostor. Dictadura. Yo nunca impondré una dictadura. Pero no deberías haber traído la serpiente a la escuela, Charlie. Deberías haberlo pensado mejor. Pero creo que lo entiendo. Pensaste que mejoraría tu prestigio social, y te haría más un igual a ojos de tus compañeros. Allí es donde radica la felicidad, en el éxito con tus compañeros. Yo quiero que todos mis niños sean iguales entre sí, por lo cual debemos ayudarte a ser más normal, incluso si esto significara que tuvieras que asistir a la escuela en otro lugar durante un tiempo. Tengo entendido que hay alguien de otra galaxia que está interesado en ayudarte. Tal vez ésa es nuestra respuesta por el momento.

Meg volvió al señor Jenkins Uno. Él hizo un pequeño encogimiento de hombros aburrido, típico del Señor Jenkins:

—Realmente no preveo un gran cambio en mi relación con Charles Wallace en el futuro. No puedo entender por qué debería pensarse en el viaje interplanetario como una solución a todos los problemas de la Tierra. Hemos enviado hombres a la Luna y a Marte y no estamos mejor por ello. No veo por qué el envío de Charles Wallace a varios miles de millones de años luz a través del espacio lo mejoraría de alguna forma. A menos que, por supuesto, ayudara a su condición física, de la que nadie más, a excepción de yo mismo, parece preocuparse —miró su reloj de pulsera—. ¿Cuánto más continuará esta farsa?

Meg podía sentir agudos, dolorosos y pequeños titileos cuando el querubines pensaba en ella. La chica no quería escuchar.

—¡Todo esto es una pérdida de tiempo! —gritó ella—. ¿Por qué tengo que soportar a todos estos señores Jenkins? ¿Qué puede tener que ver esto con Charles?

Sintió el aliento de Louise la Más Grande fresco y suave en su oído:

"Sssí tiene que ver, sssí tiene que ver", siseó la serpiente.

Proginoskes dijo:

"No es necesario saber por qué. Sólo sigue adelante".

Charles Wallace habló con poca energía:

—Dame a Louise, por favor, Meg. Quiero ir a casa.

—Nuestra casa está demasiado lejos para ir caminando.

—Nos lo tomaremos con calma.

Los tres señores Jenkins dijeron bruscamente:

—Ya te he dicho que te llevaré a casa. Meg, tú puedes tomar la serpiente, siempre y cuando se quede en el asiento trasero.

Los señores Jenkins Uno y Dos dijeron al unísono:

—Voy a llevar en auto a Charles Wallace. Y a la serpiente —ambos temblaron ligeramente, no del todo al mismo tiempo, sino sincopadamente.

Charles Wallace extendió el brazo y Louise se deslizó de Meg al niño.

—Vamos —dijo el niño a los tres hombres, alejándose de ellos, y comenzó a caminar hacia el estacionamiento utilizado por el profesorado de la escuela. Los señores Jenkins lo siguieron, caminando uno al lado del otro, todos con el paso desgarbado y torpe, que era distintivo y propio del señor Jenkins.

"¿Pero quién irá con él?", le preguntó Meg a Proginoskes.

"El verdadero."

"Pero entonces…"

"Creo que cuando doblen la esquina habrá sólo uno de ellos. Nos da un pequeño respiro, en todo caso", el querubines se materializó lentamente, convirtiéndose en un primer momento en un reflejo, después en un contorno transparente, a continuación, profundizándose en algo dimensional, hasta que pasó a ser completamente visible cuando los tres señores Jenkins desaparecieron. "No perdamos el tiempo", pensó bruscamente para ella. "Piensa, ¿qué es lo más bonito que jamás has oído sobre el Señor Jenkins?"

"Bonito. Nada bonito. Escucha, tal vez todos ellos sean impostores. Tal vez no vayan a volver."

Una vez más el pequeño dolor agudo.

"Eso es demasiado fácil. Uno de ellos es real, y por alguna razón es importante. Piensa, Meg. Debes saber algo bueno de él."

"No quiero saber algo bueno de él."

"Deja de pensar en ti misma. Piensa en Charles. El verdadero señor Jenkins puede ayudar a Charles."

"¿Cómo?"

"¡No necesitamos saber cómo, Meg! Deja de bloquearme. Es nuestra única esperanza. Debes dejarme Transmitir contigo". Lo sintió moverse dentro de su mente, ahora más delicada, pero persistentemente. "Aún sigues bloqueándome."

"Estoy intentando no hacerlo…"

"Lo sé. Resuelve algunos problemas matemáticos mentalmente. Cualquier cosa para sacar afuera tu desamor y dejarme entrar para averiguar acerca del señor Jenkins. Haz algunos cálculos para Calvin. Amas a Calvin. ¡Bien! Entonces piensa en Calvin. ¡Meg! Los zapatos de Calvin."

"¿Qué pasa con ellos?"

"¿Qué tipo de zapatos usa?"

"Sus zapatos habituales de la escuela, supongo. ¿Cómo puedo saberlo? Creo que sólo tiene un par de zapatos, y los de deporte."

"¿Cómo son los zapatos?"

"No lo sé. No me fijé en ellos. La ropa no me interesa mucho."

"Piensa en más ejercicios matemáticos y deja que yo te los muestre."

Zapatos. Recios, unos estilo Oxford casi nuevos que Calvin calzaba con calcetines rojos y morados disparejos, el tipo de zapato que el Señor O'Keefe no podría permitirse comprar para su familia. Meg vio los zapatos vívidamente; la imagen de ellos le fue dada por Proginoskes; ella había sido muy sincera cuando le dijo que no se fijaba en la ropa. Sin embargo, su mente registraba todo lo que veía y quedaba allí, almacenado, a disposición de la táctica telepática del querubines. Vio con un destello de intuición que la forma de ella para Transmitir era como la de un niño pequeño que intenta ejecutar una melodía al piano con un dedo, al contrario que la armonía de una orquesta completa, como era el lenguaje querúbico.

Al oído de su mente llegó el eco de la voz de Calvin, volviendo a la chica proveniente de una tarde en la que ella había sido enviada, injustamente, según pensaba, a la oficina del señor Jenkins, y él había lidiado, injustamente, allí con ella. La voz de Calvin, tranquila, calmada, exasperantemente razonable: "Cuando empecé séptimo grado y fui a los campeonatos regionales, mi madre me compró unos zapatos en una tienda de segunda mano. Le costaron un dólar, que era más de lo que ella podía gastar, y eran unos Oxford de mujer, de ese tipo con cordones negros que usan las mujeres de edad,

 135

y al menos tres números más pequeños de mi talla. Cuando los vi, lloré, y luego mi madre también lloró. Y mi papá me azotó. Así que tomé una sierra y corté los tacones, y corté la parte delantera para que mis pies pudieran entrar, y fui a la escuela. Los niños me conocían demasiado bien y evitaban hacer comentarios en mi presencia, pero podía adivinar lo que estaban cuchicheando a mis espaldas. Al cabo de unos días, el señor Jenkins me llamó a su oficina y dijo que se había dado cuenta de que mis zapatos me habían quedado pequeños, y por casualidad él tenía un par extra que pensaba que me calzaría bien. Se había tomado muchas preocupaciones para darles un aspecto usado, como si no hubiera ido a comprarlos para mí. Ahora gano suficiente dinero en los veranos para comprar mis propios zapatos, pero nunca olvidaré que fue él quien me dio el primer par de zapatos decente que he tenido. Claro que sé todas las cosas malas que hace, y todas son verdad, y he sufrido mis propios roces con él, pero en general nos llevamos bien, tal vez porque mis padres no lo hacen sentir inferior, y él sabe que puede hacer cosas por mí que ellos no pueden".

Meg murmuró:

—Habría sido mucho más fácil si pudiera haber continuado odiándolo.

Ahora era la voz de Proginoskes en el oído de su mente, no la de Calvin:

"¿Qué sería más fácil?"

"Nombrarlo."

"¿Así lo crees? ¿No sabes más acerca de él ahora?"

"Indirectamente. Nunca he oído que él haya hecho algo bueno aparte de eso."

"¿Qué crees que siente por ti?"

"Sólo me ha visto cuando estoy enojada", admitió ella. Se encontró casi riendo mientras recordaba al señor Jenkins que decía: "Margaret, eres la niña más contumaz que he tenido el infortunio de tratar en esta oficina", y ella había tenido que ir a casa y buscar el significado de "contumaz".

Proginoskes la sondeó:

"¿Crees que él piensa algo bueno sobre ti?"

"No lo creo."

"¿Te gustaría que él viera a una Meg diferente? ¿A la verdadera Meg?"

Ella se encogió de hombros.

"Bueno, entonces, ¿cómo te gustaría ser diferente?"

Arrebatadamente, ella dijo:

"Me gustaría tener un pelo rubio precioso."

"No te gustaría, realmente no."

"¡Claro que sí!"

"Si tuvieras un lindo cabello rubio, tú no serías tú."

"Pues podría ser una buena idea. ¡Ay, Progo, eso duele!"

"No es momento para la autoindulgencia."

"Cuando el señor Jenkins es agradable, no es el señor Jenkins. Ser bueno con el señor Jenkins sería como si yo tuviera el cabello rubio."

Proginoskes envió una helada furia a través de ella.

"Meg, no queda tiempo. Volverán de un momento a otro."

El pánico se apoderó de ella.

"Progo, si no Nombro correctamente, si fallo, ¿qué harás?"

"Te lo dije. ¿Tendré que elegir?"

"Eso no responde mi pregunta. Quiero saber qué camino tomarás."

Las plumas de Proginoskes se estremecieron como si un frío viento las hubiera recorrido.

"Meg, no queda tiempo. Están de regreso. Tienes que Nombrar a uno de ellos."

"Dame una pista."

"Esto no es un juego. El señor Jenkins está en lo cierto."

Ella le lanzó una mirada de angustia, y él bajó varios conjuntos de pestañas a modo de disculpa.

"Progo, incluso por Charles Wallace, ¿cómo puedo hacer lo imposible? ¿Cómo puedo amar al señor Jenkins?"

Proginoskes no respondió. No hubo ninguna llama, no hubo ningún humo; solamente la retirada de los ojos detrás de las alas.

"¡Progo! ¡Ayúdame! ¿Cómo puedo sentir amor por el señor Jenkins?"

Inmediatamente se abrieron un gran número de ojos muy ampliamente.

"¡Qué idea tan extraña! El amor no es un *sentimiento*. Si lo fuera, yo no sería capaz de amar. Los querubines no tienen sentimientos."

"Pero…"

"Torpe", dijo Proginoskes, con ansiedad en vez de mal humor. "El amor no es lo que tú sientes. Es lo que tú haces. Nunca he tenido un sentimiento en mi vida. De hecho, sólo nos mostramos a la gente de la Tierra."

"Progo, pero tú me importas."

Proginoskes expulsó envolventes nubes de color azul pálido.

"Eso no es lo que quería decir. Quería decir que los querubines sólo se muestran a la gente de la Tierra. Ustedes lo llaman materializarse."

"Entonces, si se muestran sólo a nosotros, ¿por qué tienen que adoptar una apariencia tan terrible?"

"Porque cuando nos materializamos, es así como aparecemos. Cuando te hiciste materia, tú no elegiste tener el aspecto que tienes, ¿verdad?"

"Desde luego que no. Hubiera elegido ser de manera muy diferente. Hubiera elegido ser bonita… ¡Oh, ya entiendo! ¿Quieres decir que no tienes más opción sobre tener el aspecto de un regimiento de dragones deformados que yo sobre mi pelo y gafas y todo lo demás? ¿No lo estás haciendo de esta manera sólo por diversión?"

Proginoskes sostuvo tres de sus alas con recato sobre una gran parte de sus ojos.

"Soy un querubines, y cuando los querubines se materializan, ésta es su apariencia."

Meg se arrodilló delante de la grande, aterradora, y extrañamente hermosa criatura.

"Progo, no soy una bocanada de viento o una llama de fuego. Soy un ser humano. Yo siento; no puedo pensar sin sentir. Si tú me importas, entonces lo que tú decidas hacer si yo fallo, también me importa."

"No veo por qué."

Ella se puso en pie, golpeando los últimos jirones de humo azul pálido que le hacían escocer los ojos, y gritó:

—¡Porque si tú decides convertirte en un gusano o cualquier otra cosa y unirte a los Echthroi, me importa si Nombro correctamente o no! ¡Simplemente me importa! ¡Y Charles Wallace se sentiría de la misma manera, sé que lo haría!

Proginoskes sondeó suave y cuidadosamente en su mente.

"No entiendo tus sentimientos. Estoy intentando hacerlo, pero no lo consigo. Debe ser muy desagradable tener sentimientos."

"¡Progo! ¿Qué harás?"

Silencio. Ni una llama. Ni una nubecilla de humo. Todos los ojos cerrados. Proginoskes replegó sus grandes alas por completo. Sus palabras eran muy pequeñas a medida que avanzaban en su mente.

"Me Tacharé. Si tú fallas, me marcaré a mí mismo con una X."

Él se desvaneció.

Meg se dio la vuelta y tres señores Jenkins fueron caminando hacia ella desde la zona de estacionamiento. Ella los encaró.

—Señor Jenkins.

Idénticos, odiosos, simultáneos, se aproximaron hacia ella.

El señor Jenkins Uno olfateó, la punta de la nariz rosada se retorció con desagrado.

—Regresé. Dejé a Charles Wallace con tu madre. Ahora, ¿harías el favor de deshacerte de estos dos, hum, bromistas? Me molesta esta intrusión en mi tiempo y privacidad.

El señor Jenkins Dos señaló al Uno acusadoramente.

—Este impostor perdió los estribos y mostró su verdadera cara cuando tu hermano pequeño trajo su serpiente a la escuela. El impostor se olvidó de sí mismo y llamó al niño un est...

—Borrar —dijo el señor Jenkins Tres bruscamente—. Usó palabras inapropiadas para un niño. Obviémosla.

El señor Jenkins Dos dijo:

—Él no ama a los niños.

El señor Jenkins Tres dijo:

—Él no puede controlar a los niños.

El señor Jenkins Dos dijo:

—Haré que Charles Wallace sea feliz.

El señor Jenkins Tres dijo:

—Haré que sea exitoso.

El señor Jenkins Uno echó una mirada a su reloj.

Meg cerró los ojos. Y de repente no sentía. Había sido empujada hacia una dimensión más allá del sentimiento, si tal cosa es posible, y si Progo tenía razón, es posible. No había más que una consciencia fría, que no tenía que ver con lo que normalmente habría relacionado como sentimiento. Su voz salía de sus labios casi sin voluntad, fría, tranquila, sin emociones.

—Señor Jenkins Tres.

Él dio un paso adelante, sonriendo triunfalmente.

—No. Usted no es el verdadero señor Jenkins. Es demasiado poderoso. Usted nunca habría sido apartado de una escuela regional que no podía controlar para convertirlo en director de una escuela primaria que tampoco puede controlar —ella miró al señor Jenkins Uno y Dos. Sus manos estaban frías como el hielo y tenía la sensación en la boca del estómago que precede a las náuseas agudas, pero no lo percibía porque todavía estaba en el extraño reino más allá del sentimiento—. Señor Jenkins Dos.

Éste sonrió.

Una vez más, la chica sacudió la cabeza.

—No estaba tan segura de usted en un primer momento. Pero querer hacer feliz a todos y exactamente iguales, es tan malo como querer manipularlos, como quiere el Señor Jenkins Tres. A pesar de ser malo, el señor Jenkins es el único de los tres que es lo suficientemente humano para cometer tantos errores como él comete, y ése es usted, señor Jenkins Uno —de repente, ella soltó una carcajada—. Y te amo por ello —entonces se echó a llorar de nerviosismo y agotamiento. Pero no tenía ninguna duda de que tenía razón.

El aire sobre el patio del colegio se agrietó con un gran aullido y gritos, y entonces sobrevino una nada fría que sólo indicaba la presencia de Echthroi. Era como si, grieta tras grieta, estuvieran siendo rasgados en el aire, para luego quedar los bordes juntos y sanos.

Silencio. Y calma. Y un leve, común y corriente viento.

Proginoskes se materializó, desplegó delicadamente una ala tras otra y reveló sus miríadas de ojos diferentes.

El señor Jenkins Uno, el verdadero señor Jenkins, cayó desmayado al suelo.

SIETE

Métron Áriston

Meg se inclinó sobre el señor Jenkins. No se dio cuenta de que Blajeny estaba allí hasta que oyó su voz.

—De verdad, Proginoskes, tú deberías saber mejor que nadie que no puedes aparecer por sorpresa de esa forma, en particular ante un ser todavía limitado como el señor Jenkins —se situó entre el querubines y Meg, casi tan alto como el edificio de la escuela, entre divertido y enojado.

Proginoskes batió varias alas a modo de tímida disculpa.

"Me quedé muy aliviado."

—Claro.

"¿Este, hum, señor Jenkins no será nunca más que un ser limitado?"

—Ése es un pensamiento limitado y limitador, Proginoskes —dijo Blajeny con severidad—. Estoy sorprendido.

Ahora el querubines estaba verdaderamente avergonzado. Cerró sus ojos y los cubrió con las alas, dejando abiertos sólo tres de ellos, cada uno para mirar respectivamente a Blajeny, Meg y al Señor Jenkins, que yacía tendido en el suelo.

Blajeny miró a Meg:

—Hija mía, estoy muy contento contigo.

Meg se ruborizó.

—¿No deberíamos hacer algo con el señor Jenkins?

Blajeny se arrodilló en el suelo polvoriento. Sus dedos oscuros, con su vasto alcance, presionaron suavemente las sienes del señor Jenkins; por lo general, el rostro pastoso del director era gris; su cuerpo tuvo una contracción espasmódica; abrió los ojos y los volvió a cerrar de inmediato, emitiendo un gemido.

La tensión y el alivio de Meg habían llegado al borde de la histeria; se hallaba a medio camino de la risa y el llanto.

—Blajeny, ¿no se da cuenta de que usted debe ser casi tan aterrador para el pobre señor Jenkins como Progo? —también ella se arrodilló al lado del director.

—Señor Jenkins, estoy aquí. Soy Meg. Sé que no le agrado, pero al menos está familiarizado conmigo. Abra los ojos. Todo irá bien. En verdad que sí.

Poco a poco, con cautela, él abrió los ojos.

—Debo concertar una cita con un psiquiatra. Inmediatamente.

Meg le habló con dulzura, como si fuera un niño muy pequeño.

—No está alucinando, señor Jenkins, honestamente. Todo está bien. Blajeny y Progo son amigos. Y son reales.

El Señor Jenkins cerró los ojos, los abrió de nuevo, y se centró en Meg.

—Blajeny es un Profesor, señor Jenkins, y Progo es un... bueno, él es un querubines —casi no podía culpar al señor Jenkins por mirar con incredulidad.

Su voz era débil:

—O bien estoy en el proceso de sufrir un ataque de nervios, lo cual no es poco probable, o bien estoy soñando. Eso es. Debo estar dormido —hizo un esfuerzo para sentarse con la ayuda de Meg—. Pero entonces, ¿por qué estás tú en mi sueño? ¿Por qué estoy tendido en el suelo? ¿Alguien me ha golpeado? No me extrañaría que hubieran sido los chicos grandes —se frotó la cabeza con la mano en busca de una contusión—. ¿Qué haces aquí, Margaret? Me parece recordar… —miró una vez más a Blajeny y Proginoskes y se estremeció—. Todavía están aquí. No. Todavía estoy soñando. ¿Por qué no puedo despertar? Esto no es real.

Meg repitió las palabras de Blajeny:

—¿Qué es real? —se volteó hacia el Profesor, pero él ya no le estaba prestando atención a Jenkins. Ella siguió la mirada de Blajeny, y vio a Louise deslizándose rápidamente hacia ellos.

Un estremecimiento frío sacudió a Jenkins.

—No, de nuevo la serpiente, tengo ofidiofobia.

Meg lo calmó:

—Louise es muy buena. No le hará daño.

—Serpientes —el Señor Jenkins sacudió la cabeza—. Serpientes, monstruos y gigantes… No es posible, nada de esto es posible…

Blajeny volvió de su conversación con Louise la Más Grande y habló con urgencia:

—Debemos irnos inmediatamente. Los Echthroi están enfurecidos. La mitocondritis de Charles Wallace está en fase aguda.

—Oh, Blajeny, llévenos a casa rápidamente —exclamó Meg—. ¡Tengo que estar con él!

—No hay tiempo. Tenemos que ir de inmediato a Métron Áriston.[8]

---

8 Como en casi toda la novela, los nombres ficticios que utiliza la autora tienen un doble significado o provienen de locuciones latinas o griegas; como en este caso, *Métron áriston* (lo mejor es la medida), máxima griega que aconseja la moderación como regla para la vida.

 145

—¿Dónde?

Sin responder, Blajeny se apartó de Meg para dirigirse al señor Jenkins:

—Usted, señor, ¿desea volver a la escuela y continuar su trabajo diario habitual? ¿O desea unir su suerte a la nuestra?

El señor Jenkins parecía completamente desconcertado.

—Estoy sufriendo un ataque de nervios.

—No tiene por qué ser así si no lo desea. Simplemente se ha enfrentado con varias cosas fuera de sus ámbitos normales de experiencia. Eso no quiere decir que ellos, que nosotros, no existamos.

Meg advirtió una sensación involuntaria de protección hacia este poco atractivo hombrecillo que ella había Nombrado.

—Señor Jenkins, ¿no le parece que es mejor que informe de que no se encuentra bien hoy, y venga con nosotros?

El señor Jenkins extendió las manos con impotencia.

—¿Había... había aquí... otros dos... dos hombres que se parecían a mí?

—Sí, por supuesto que los había. Pero ya se han ido.

—¿Adónde?

Meg se volvió a Blajeny.

El Profesor puso un gesto de gravedad.

—Cuando un Echthros toma un cuerpo humano, tiende a quedarse con él.

Meg agarró la manga gris del Profesor.

—La primera prueba, ¿cómo ocurrió? No la decidió usted ¿verdad? Usted no pudo haberles dicho a los Echthroi que se convirtieran en el señor Jenkins, ¿no es cierto?

—Meg —respondió él en voz baja—, te dije que necesitaba tu ayuda.

—¿Quiere decir... quiere decir que esto iba a suceder, de todos modos, que los Echthroi se convertirían en el señor Jenkins, incluso si...?

—El señor Jenkins era un huésped perfecto para sus fines.

Casi temblando, el señor Jenkins se tambaleó hacia Blajeny y balbuceó:

—Aguarde un momento, no sé quién es usted y no me importa, pero exijo una explicación.

La voz de Blajeny sonó ahora más como un corno inglés que como un chelo.

—Tal vez en el mundo de hoy, un fenómeno tal, sea llamado esquizofrenia. Yo prefiero el viejo concepto de posesión.

—Esqui... Usted, señor, ¿está cuestionando mi cordura?

La pequeña voz de Louise siseó con urgencia.

—Señor Jenkins —dijo Blajeny quedamente—, debemos marcharnos. O regresa a su escuela, o viene con nosotros. Ahora.

Para sorpresa de Meg se vio a sí misma instándolo a decidirse:

—Por favor, venga con nosotros, señor Jenkins.

—Pero mis obligaciones...

—Usted sabe que no puede regresar a la escuela sin más después de lo que ha pasado.

El señor Jenkins gimió de nuevo. Su tez se había tornado de gris a verde pálido.

—Y después de haber conocido al querubines y a Blajeny...

—Queru...

Louise volvió a sisear.

Blajeny preguntó:

—¿Viene con nosotros o no?

—Margaret me Nombró —dijo el señor Jenkins suavemente—. Sí. Iré con ustedes.

Proginoskes extendió una enorme ala y tiró de Meg hacia él. Ella sintió el tremendo latido del corazón, un latido que resonaba como un gong de bronce. Entonces vio el ojo ovoide, abierto, dilatándose…

Y ella se internó a través de él.

Fue algo así como un anticlímax comprobar que no se hallaban más lejos de casa que en la roca-mirador de las estrellas.

Un momento: ¿pero era esto, después de todo, la roca-mirador?

Ella parpadeó, y cuando abrió los ojos, el señor Jenkins y Blajeny estaban allí, y Calvin también estaba allí (¡oh, gracias, Blajeny!), extendiendo su mano hacia ella, y ella se templó con el resplandor de su gran sonrisa.

Ya no se encontraban en el frío otoño. Soplaba una ligera brisa, cálida y veraniega. Todo lo que había alrededor de ellos, era el sonido de los insectos de verano, grillos, cigarras, y menos grato, el estridente zumbido de un mosquito. Las ranas saltaban, y un sapo entonaba su chirriante canción. El cielo estaba lleno de estrellas, estrellas que siempre parecían más cerca de la Tierra en verano que en invierno.

Blajeny se sentó con las piernas cruzadas, en la roca, y les hizo señas a los demás. Meg se sentó frente a él con la cabeza apoyada en una de las alas extendidas de Proginoskes, y vio que Louise se enroscó a su lado. Calvin se sentó junto a Meg, y el señor Jenkins se paró con torpeza, alternando su peso de una pierna a la otra.

Meg se acercó un poco más a Calvin y alzó su vista al cielo.

Jadeó. Las estrellas, las bajas estrellas de verano, no eran los familiares planetas y las constelaciones que tantas veces había visto con sus padres. Eran tan diferentes como las constelaciones donde Proginoskes la había llevado a ver la horrenda maquinación de los Echthroi.

—Blajeny —preguntó Calvin—, ¿dónde estamos?

—En Métron Áriston.

—¿Qué es Métron Áriston? ¿Un planeta?

—No. Es una idea, un *postulatum*. Me resulta más fácil postular cuando estoy en mi galaxia, así que estamos cerca del sistema solar Mondrion de la galaxia Veganuel. Las estrellas que ven son las que conozco, las que veo desde mi planeta.

—¿Por qué estamos aquí?

—El *postulatum* Métron Áriston hace que sea posible que todos los tamaños sean relativos. Dentro de Métron Áriston pueden dimensionarse de modo que sean capaces de conversar con una estrella gigante o una pequeña farandola.

Meg sintió un momento de conmoción e incredulidad. Las farandolas eran todavía menos reales para ella que los "dragones" de Charles Wallace.

—¡Una farandola! ¿De verdad que vamos a ver una de ellas?

—Sí.

—Pero es imposible. Una farandola es tan pequeña que…

—¿Cuán pequeña es? —preguntó Blajeny.

—Tan pequeña que está más allá de la concepción racional, según dice mi madre.

El señor Jenkins emitió un pequeño ruido confuso y alternó el peso de nuevo. Blajeny dijo:

—Y sin embargo, la señora Murry está convencida de haber demostrado la existencia de las farandolas. Ahora supongamos: estamos aquí, en la galaxia Veganuel, a dos billones de años luz de distancia. Veganuel es casi del mismo tamaño que la galaxia de su propia Tierra. ¿Cuánto tiempo tarda la Vía Láctea en realizar su movimiento de rotación?

Como nadie más habló, Meg respondió:

—Doscientos mil millones de años, en el sentido de las manecillas del reloj.

—Así que eso nos da una idea general del tamaño de la galaxia, ¿verdad?

—Muy general —agregó Calvin—. Nuestras mentes no pueden comprender algo tan enorme, tan macrocósmico.

—No traten de comprenderlo con sus mentes. Sus mentes son muy limitadas. Usen su intuición. Piensen en el tamaño de su galaxia. Ahora, piensen en su sol. Es una estrella, y es mucho más pequeña que la galaxia entera, ¿no es así?

—Por supuesto.

—Piensen ahora en ustedes mismos, en comparación con el tamaño de su sol. Piensen cuánto más pequeños son que él. ¿Lo han hecho?

—Más o menos —repuso Meg.

—Ahora piensen en una mitocondria. Piensen en las mitocondrias que viven en las células de todos los seres vivos, y cuánto más pequeña es una mitocondria que ustedes.

El señor Jenkins dijo para sí mismo: "pensé que Charles Wallace se las había inventado para hacerse notar".

Blajeny continuó:

—Ahora consideren que una farandola es tan pequeña con respecto a una mitocondria como una mitocondria lo es con respecto a ustedes.

—Esta vez —dijo Calvin—, el problema es que nuestras mentes no pueden comprender algo tan *micro*cósmico.

Blajeny dijo:

—Otra forma de expresarlo sería decir que una farandola es tan pequeña respecto a ustedes, como su galaxia es de grande también respecto a ustedes.

Calvin lanzó un silbido:

—¿Entonces, para una farandola, cualquiera de nosotros sería tan grande como una galaxia?

—Más o menos. Tú *eres* una galaxia para tu farandola.

—Entonces, ¿cómo podemos conocerla?

La voz de Blajeny sonaba paciente.

—Les acabo de decir que en Métron Áriston casi podemos deshacernos de las diferencias de tamaño, las cuales son, en realidad, bastante poco importantes. Volteó la cabeza y miró en dirección a las grandes rocas glaciares.

—Las rocas —preguntó Meg—, ¿están realmente allí?

—En Métron Áriston la nada está en todas partes —dijo Blajeny—. Intento facilitarles las cosas lo más posible, dándoles un entorno visual familiar. Deben tratar de entender las cosas no sólo con sus pequeñas mentes humanas, las cuales no son de gran utilidad ante los problemas contra los que nos enfrentamos.

Por fin el señor Jenkins se sentó, agachándose incómodamente en la roca.

—¿Con qué puedo entenderlas entonces? No tengo mucha intuición.

—Deben entenderlas con el corazón. Con la totalidad de su ser, no sólo con un fragmento.

Jenkins se quejó.

—Soy demasiado viejo para ser educado. A un perro viejo no se le pueden enseñar trucos nuevos. He vivido más allá de mi tiempo.

Meg exclamó:

—¡Oh, no, no es así, señor Jenkins, usted está sólo empezando!

El señor Jenkins sacudió la cabeza negando tristemente:

—Tal vez hubiera sido mejor si nunca me hubieras Nombrado. ¿Por qué tuve que verte alguna vez de esta manera? ¿O a tu hermano pequeño? ¿O a esa bestia espantosa?

Proginoskes emitió lo que parecía una conmoción volcánica menor.

Jenkins se tensó un poco, a pesar de que apenas podía palidecer más.

—¿Existen más seres como tú?

"Hay un buen número de querubines", respondió Proginoskes, "pero ninguno exactamente igual".

—De eso se trata —dijo el señor Jenkins—. De eso se trata precisamente —distraídamente se sacudió la caspa y la pelusa de los hombros de su traje oscuro.

Blajeny, escuchaba con atención, e inclinó su gran cabeza cortésmente.

—¿Precisamente qué, señor Jenkins?

—Nadie debería ser exactamente igual que otra persona.

—¿Pero hay alguien que lo sea?

—Estos… estos señores Jenkins de imitación… Verme por duplicado y por triplicado, no deja a qué aferrarse.

Meg se levantó impulsivamente y corrió hacia el director.

—¡Pero ellos no son como usted, señor Jenkins! ¡Nadie es como usted! Usted *es* único. Yo lo Nombré, ¿no es verdad?

Los ojos del señor Jenkins lucían borrosos y desconcertados a través de los cristales de sus gafas.

—Sí. Sí, lo hiciste. Supongo que es por eso que estoy aquí, sea cual sea este lugar —volteó hacia Blajeny—. ¿Esos otros señores Jenkins, usted los llamó Echthroi?

—Sí. Los Echthroi son aquellos que odian, aquellos que le hubieran impedido ser Nombrado, aquellos que lo hubieran in-Nombrado. La naturaleza del amor es crear. La naturaleza del odio es destruir.

El señor Jenkins dijo con fuerza:

—Me temo que no he sido una persona amorosa.

Meg sintió un destello de intuición tan nítido y brillante como de fuego del querubines; al igual que una llama, quemaba.

—Oh, señor Jenkins, ¿no lo ve? Cada vez que yo estaba en su oficina, comportándome fatal y odiándolo, realmente estaba odiándome a mí misma más que a usted. Mamá tenía razón. Ella me dijo que usted se infravaloraba.

El señor Jenkins respondió con una voz extraña que ella nunca le había oído antes, completamente diferente a su habitual y nasal aspereza estridente.

—Los dos lo hacemos, ¿no es verdad, Margaret? Cuando pensaba que tus padres me menospreciaban, realmente era yo mismo quien me menospreciaba. Pero no advierto ninguna otra manera de verme.

Ahora, por fin, Meg vislumbraba al señor Jenkins que le había comprado los zapatos a Calvin, que había intentado torpemente hacer que esos zapatos parecieran usados.

El señor Jenkins miró a Blajeny.

—Estos Echth…

—Echthroi. Echthros en singular.

—Estos Echthroi que asumieron... que asumieron mi semejanza —dijo el Señor Jenkins—, ¿pueden causar más problemas?

—Sí.

—¿Podrían hacerle daño a Charles Wallace?

—Ellos podrían Tacharlo... extinguirlo —dijo el querubines.

Meg extendió sus brazos con anhelo y temor hacia su hermano.

—No debería haberlo dejado —comenzó a decir ella, luego cerró la boca. Sintió al querubines moverse suavemente dentro de ella, ayudándola, dándole pequeños impulsos de pensamiento, y entonces a ella le pareció estar con Charles Wallace, no en la realidad, no en persona, pero sí en su corazón. Con la vista de su corazón, ella vio a su madre llevarlo por las escaleras, en los brazos de su madre Charles parecía no tener apenas fuerza, con las piernas colgando. La señora Murry entró en su habitación, un pequeño dormitorio revestido de madera con una pequeña chimenea, y una pared tapizada con un patrón de copos de nieve de color azul y blanco, una habitación segura y confortable. La ventana daba a los bosques de pinos que había detrás de la casa; la luz que entraba era suave y cálida.

La señora Murry tendió a Charles Wallace en su cama, y comenzó a desvestirlo. El niño apenas tenía fuerzas para ayudarla; hizo un esfuerzo por sonreír y dijo:

—Pronto estaré mejor. Meg lo hará...

—Meg regresará a casa de la escuela dentro de un par de horas —dijo su madre—. Ellá vendrá a verte de inmediato. Y la doctora Louise está en camino.

—Meg no está... en la escuela —hablar era un esfuerzo casi demasiado grande.

La señora Murry no lo contradijo, como tal vez lo hubiera hecho normalmente, pero le ayudó a ponerse el pijama.

—Tengo frío, mamá.

Ella lo cubrió con las mantas.

—Voy a traerte otra manta.

Se oyó un sonido de pisadas subiendo las escaleras, y los gemelos irrumpieron en la habitación:

—¿Qué es ésto? ¿Qué pasa?

—¿Charles está enfermo?

La señora Murry respondió en voz baja:

—No se siente muy bien.

—¿Tan mal está que permanece en cama?

—¿Tuvo problemas en la escuela, otra vez?

—La escuela fue bien. Llevó a Louise y fue un gran éxito, evidentemente.

—¿Nuestra Louise?

—¿Louise la Más Grande?

—Sí.

—¡Bien por ti, Charles!

—¡Eso les enseñará quién manda!

Charles Wallace esbozó una sonrisa razonablemente convincente:

—Sandy —dijo la señora Murry —por favor, trae leña para el fuego. Hace un poco de frío. Dennys, si hicieras el favor de ir al armario de cedro y traer otra manta…

—Está bien. Claro. Enseguida la traigo.

—Y Meg te leerá algo cuando llegue a casa, Charles.

Meg creyó oír a Charles Wallace diciendo una vez más que ella no estaba en la escuela, pero era como si una niebla se hubiera apoderado de la vívida escena, y la habitación de Charles Wallace hubiera desaparecido, y Meg estaba en pie, apretada contra el querubines, que la abrazaba fuertemente con un ala alrededor de ella.

Blajeny dijo:

—Entonces, niñitos, deben aprender una lección. Creamos que es de día. Ustedes pueden y saben cómo hacerlo. Creer requiere práctica, pero ni tú, Calvin, ni tú, Meg, son lo suficientemente viejos para haber olvidado por completo cómo hacerlo. Deben creer por ustedes y por el señor Jenkins. Esto puede parecer una tarea trivial, en vista de la gravedad de las circunstancias, pero es experiencia para lo que está por venir. Ahora. Crean. Conviertan la noche en día.

El querubines retiró su ala y Meg puso su mano en la de Blajeny. Su mano era muy pequeña en comparación, tan pequeña como cuando era más joven que Charles Wallace y tomaba la mano de su padre con completo amor y confianza. Ella miró al oscuro y grave rostro de Blajeny, miró en los extraños ojos de color ámbar que a veces parecían contener la fría luz de la Luna, y que ahora brillaban con el calor del sol. El color inundó el cielo imaginado de Métron Áriston, un vasto firmamento azul, sin nubes, y con un cálido resplandor. Sobre la roca, las hierbas verdes del verano ondulaban con la brisa; un pájaro cantaba, al que se le unió otro, y otros más, hasta que la melodía los rodeó a todos ellos. La hierba se iluminó con las flores del campo, margaritas, rudbeckias bicolores, castillejas, linarias, cardos púrpura… todas las flores de verano florecían abundante y brillantemente.

Los colores relucían con más intensidad de lo normal. El cabello de Calvin, la sombra de una castilleja, ardían como la luz del sol. Sus pecas parecían más grandes y más profusas que nunca. El azul desgastado de su chaqueta se había oscurecido para fundirse con el azul genciana de sus ojos. Llevaba un calcetín rojo y un calcetín de color morado.

La vieja falda de Meg, desvaída por los innumerables lavados, parecía brillante y nueva, pero su pelo, pensó, probablemente seguiría siendo del mismo color marrón roedor de siempre; y el señor Jenkins seguía todavía pálido y sin color. Louise la Más Grande, sin embargo, parecía aún más grande de lo habitual, y sus anillos brillaban con destellos dorados y púrpureos.

Meg miraba hacia Proginoskes y el fulgor del querubines era tan brillante que casi la cegó; tuvo que apartar la mirada.

—Ahora, hijos míos —dijo Blajeny, y él incluyó al señor Jenkins en la apelación—, le daremos la bienvenida al otro miembro de esta clase.

De detrás de la menor de las dos rocas glaciares una pequeña criatura apareció y corrió hacia ellos. Parecía un pequeño ratón de color azul plateado, y sin embargo, a Meg le daba la impresión de ser una criatura del mar en lugar de una criatura de la tierra. Sus orejas eran grandes y aterciopeladas, el pelo se degradaba en flecos lavanda en las puntas, movidos suavemente con la brisa como plantas marinas que ondean en las corrientes del océano. Sus bigotes eran inusualmente largos; sus ojos eran grandes y lechosos y no tenían pupilas o iris visibles, pero no había opacidad en ellos; brillaban como piedras lunares.

Habló, pero no con el chillido de un ratón ni con una voz humana. El sonido era como el de las cuerdas de un arpa que son tañidas bajo el agua, y los largos bigotes vibraban como si estuvieran sonando. No emitió más palabras, y sin embargo resultaba bastante claro que estaba diciendo algo así como: "Hola, ¿son mis compañeros de clase?"

157

Blajeny habló en el lenguaje de la criatura-ratón; las palabras no salieron de su boca; sus labios de granito estaban cerrados; y sin embargo, los niños escucharon el adorable sonido ondeante del arpa.

La criatura-ratón no parecía contenta, y emitió unos sonidos que transmitían muchas dudas. Meg entendía que el ser se quejaba, ya que si tenía que pasar incluso el más preliminar de los exámenes con un terrícola, era dudoso que pudiera lograrlo. Un querubines podría ser de ayuda, pero seguramente los terrícolas no eran más que...

Proginoskes dijo:

"Yo también tenía dudas acerca de los terrícolas. Pero la niña terrícola y yo acabamos de cumplir la primera prueba, y fue la chica quien lo logró."

Los bigotes de la criatura-ratón se sacudieron.

"No puede haber sido una experiencia tan dura. Por favor, ¿podemos ponernos en marcha, Blajeny? Sólo nos queda un pársec antes de que haga mi informe preliminar. Y veo que me queda mucho que enseñar a quien tengo la desafortunada mala suerte de contar como compañero, incluso si se trata del querubines", su larga cola, lavanda, que tenía una especie de aleta de pez en la punta, se agitó, y sus bigotes se erizaron en dirección a Meg.

Meg se enfureció también:

—¡Tal vez cuando sea tan vieja como lo es usted, haya aprendido algunas cosas para enseñarle!

Los bigotes de la criatura-ratón vibraron violentamente.

"La edad es irrelevante. En cualquier caso, se da la circunstancia de que nací justamente ayer."

—Entonces, ¿qué hace aquí?

La criatura-ratón se irguió; ahora a Meg no le pareció tanto un ratón como un pequeño camarón con antenas agitándose violentamente.

"Hoy día sólo una de nosotras, las farandolas, nacen cada generación, más o menos, y comenzamos nuestra escolarización en el momento en que nacemos."

—¡Eres una farandola!

"Naturalmente. ¿Qué esperabas que fuera? ¿Qué otra cosa podría ser? Todo el mundo sabe que las farandolas…"

Ella lo interrumpió.

—No todo el mundo lo sabe. La existencia de las farandolas ni siquiera se adivinaba hasta hace unos pocos años cuando comenzamos a saber más acerca de las mitocondrias, y mi madre acaba de aislar el efecto de las farandolas sobre las mitocondrias con su microsonoscopio. E incluso con el microscopio microelectrónico, no se puede demostrar simplemente la existencia de las farandolas, en realidad no pueden ser vistas.

Los bigotes de la criatura-ratón, de la farandola, vibraron.

"Es una raza de criaturas muy estúpida que no conoce sus propios habitantes. Sobre todo si es lo suficientemente afortunada para ser habitada por las farandolas. Somos extremadamente importantes y cada vez lo somos más."

Más allá de la farandola, detrás de Proginoskes y Louise la Más Grande, la figura de un señor Jenkins pasó rápidamente por el horizonte.

El señor Jenkins, que se hallaba en pie cerca de Meg y Calvin, se estremeció.

El semblante de Blajeny pareció ensombrecerse.

—Los Echthroi se han puesto manos a la obra.

La criatura-ratón-farandola no prestó atención.

"Mi roble, mi árbol, no ha tenido un descendiente desde hace un centenar de años, nuestros años, por supuesto. Me tomó ese tiempo llegar a desarrollarme completamente, y ésta es sólo mi segunda fase."

Meg habló en su forma más descortés.

—Va a hablarnos acerca de su primera fase, queramos o no. Así que adelante —la visión de Charles Wallace, seguida por la de otro señor Jenkins-Echthros, la había obligado a darse cuenta de que el desempeño exitoso en la primera prueba no significaba que todo fuera a salir bien.

La criatura-camarón-ratón-farandola reaccionó con un temblor intensificado de antenas.

"Ayer por la mañana todavía estaba contenida dentro de la única fruta dorada que cuelga en mi árbol. Al mediodía se rompió y cayó abierta, y allí estaba yo, recién nacida. En mi etapa de renacuajo fui traída a Métron Áriston y me metamorfoseé, y aquí me hallo. Por cierto, mi nombre es Sporos, y no me gustan los nombres que me otorgan tus pensamientos como criatura-ratón y camarón-cosa. *Sporos*. Cuando haya terminado esta fase de mi educación, si la termino, con uno de ustedes como compañero, me arraigaré a mí misma, y Profundizaré. Después de un eón enviaré un pequeño brote verde de mi lecho de algas, y comenzaré a crecer como una farandola conífera frutal de hoja caduca y acuosa que se reproduce por esporas."

Calvin parecía horrorizado.

—Está loca. He estudiado biología. Usted no es posible.

"Ni ustedes", respondió indignada Sporos. "Nada *importante* lo es. Blajeny, ¿tengo la desgracia de estar emparejada con uno de estos terrícolas?"

Louise la Más Grande levantó la cabeza y miró a Sporos, sus pesados párpados se encontraron y cerraron.

Blajeny dijo:

—Difícilmente conseguirás hacerte popular con esta actitud, Sporos.

"No soy un simple terrícola. Los terrícolas son sólo importantes porque están habitados por farandolas. La popularidad es irrelevante para las farandolas."

Blajeny se apartó de Sporos con un tranquilo rechazo.

—Calvin. Tú y Sporos trabajan juntos.

"Oh, bueno, no se puede ganar siempre", fue más o menos el efecto de lo que Sporos parecía emitir con su vibración, y Meg pensó que habría sido una respuesta más apropiada si hubiera procedido de Calvin.

El señor Jenkins dijo:

—Blajeny, si se me permite atreverme a…

—¿Sí?

—Ese otro… Vi otra copia de mí hace tan sólo unos momentos, ¿verdad?

—Sí. Me temo que así es.

—¿Qué significa?

—Nada bueno —repuso Blajeny.

Proginoskes añadió:

"Como ve usted, no estamos en ningún lugar. Estamos en Métron Áriston. Estamos simplemente en una idea que resulta que Blajeny está teniendo en el centro del sistema solar de Mondrion en la galaxia Veganuel. Un señor Jenkins-Echthros no debería ser capaz de seguirnos hasta aquí. Significa…"

—¿Qué? —exigió Meg.

Al igual que Blajeny, Proginoskes dijo:

"Nada bueno."

Sporos hizo temblar sus bigotes.

"¿Es necesario que estemos chillando sin cesar? ¿Cuándo nos vamos?"

—Muy pronto.

—¿Adónde? —exigió de nuevo Meg. Sentía un cosquilleo premonitorio.

—A un lugar lejano, Meg.

—Pero mamá y papá, Charles Wallace, los gemelos, no podemos irnos de esta manera sin más con Charles Wallace tan enfermo y…

—Es por eso que nos vamos, Meg —dijo Blajeny.

Sporos hizo tremolar sus ondulantes notas y Meg tradujo algo así como: "¿No puede llamar a casa, o simplemente contactar y hablar cuando quiera?", y luego un horrorizado: "Oh, Dios mío, no entiendo cómo seres tan ignorantes como ustedes tres, terrícolas, puedan manejar esta situación. ¿Quiere esto decir que en su planeta Tierra ustedes nunca se comunican entre sí y con otros planetas? ¿Quiere esto decir que su planeta gira totalmente aislado en el espacio? ¿No están ustedes terriblemente solos? ¿No lo está él?".

—¿Él?

—O ella. Su planeta. ¿No están ustedes solos?

—Tal vez lo estemos, un poco —admitió Calvin—. Pero es un planeta hermoso.

"Eso", dijo Sporos, "es como decir que sí. Ya que nací ayer y vine directamente a Métron Áriston y hacia Blajeny, no conozco otros planetas, excepto los que se hallan en el sistema solar Mondrion, y ellos hablan constantemente entre ellos; charlan demasiado, si me lo preguntas".

—No lo hemos preguntado —Meg intentó interrumpirla, pero Sporos siguió con su discurso.

"Espero no haber nacido en alguna horrible mitocondria que vive en algún huésped humano terrible en un planeta solitario como el suyo. ¿Todos ustedes *son* del mismo planeta? Me lo imaginaba. Oh, vaya por Dios, veo que no van a ser de la más mínima ayuda para mí cuando tenga que pasar las pruebas. Me gustaría saber qué hora es."

—¿Cómo saben qué hora es? —preguntó Calvin con curiosidad.

"Por las hojas, por supuesto. ¿Quiere decir que ni siquiera saben cuál es la hora del día?"

—Por supuesto. Con mi reloj.

"¿Qué es un reloj?"

Calvin extendió su muñeca. Él estaba muy orgulloso de su reloj, el cual había ganado como premio en la escuela, y daba la fecha, así como la hora, tenía segundero, y también un cronómetro.

"Qué objeto tan peculiar", Sporos lo observó con cierto desprecio. "¿Funciona sólo para su tiempo, o para el tiempo en general?"

—Supongo que sólo para nuestro tiempo.

"¿Se refiere a que si quiere saber qué hora es en cualquier lugar aquí en la galaxia de Blajeny, o en una mitocondria distante, su objeto reloj no se lo dirá?"

—Bueno, no. Simplemente da la hora de la zona horaria en la que vivo.

"¡Santo Cielo! Cuán confundido debe estar todo en su planeta. Sólo espero que mi huésped humano no esté en su planeta."

El señor Jenkins dijo lastimeramente:

—Si alguien quisiera explicarme lo que sucede.

—Señor Jenkins —dijo Meg—. Usted sabe lo que son los Echthroi...

163

—Lo cierto es que no. Sólo sé que se hicieron pasar por mí.

Blajeny colocó sus grandes manos sobre los hombros caídos del señor Jenkins y lo miró con gravedad.

—Hay fuerzas del mal que ejercen su poder en el mundo.

El señor Jenkins asintió en silencio. Él no negó eso.

—Están por todo el Universo.

El señor Jenkins echó un vistazo al querubines, que había extendido sus alas en toda su extensión para flexionar sus músculos.

—¿Cuán grandes son?

—Ellos no son de ningún tamaño y son de todos los tamaños. Un Echthros puede ser tan grande como una galaxia y tan pequeño como una farandola. O, como ha visto, una réplica de usted mismo. Son los poderes de la nada, aquellos que in-Nombran. Su objetivo es la X total: extinguir toda la creación.

—¿Qué relación tienen con Charles Wallace?

—Los Echthroi están intentando destruir sus mitocondrias.

—Pero, ¿por qué deberían molestarse con un niño?

—El equilibrio del Universo no siempre depende de lo grande o lo importante.

Louise la Más Grande siseó con urgencia, y Meg estaba casi segura de que la serpiente les decía que ella se quedaría con Charles Wallace, que le daría la fuerza para perseverar en su lucha por vivir.

—Oh, Louise, por favor, por favor, no lo dejarás, ¿verdad? ¿Lo ayudarás?

"No lo dejaré."

—¿Estará bien?

Louise respondió con su silencio.

Blajeny le dijo al señor Jenkins:

—Charles Wallace morirá si sus mitocondrias mueren. ¿Entiende usted eso?

El señor Jenkins asintió con la cabeza.

—Yo pensaba que se daba ínfulas con sus palabras enrevesadas. Pensé que estaba intentando destacar. No sabía que hubiera realmente mitocondrias.

Blajeny se volteó hacia Meg.

—Explícaselo.

—Lo intentaré... Pero no estoy seguro de que lo haya entendido bien, señor Jenkins. Pero sí sé que necesitamos energía para vivir, ¿no es cierto?

—Sí.

Sentía que Blajeny le transmitía información a ella, e involuntariamente su mente la procesaba, la simplificaba, la ponía en palabras que ella esperaba que el señor Jenkins entendiera.

—Pues bien, cada una de nuestras mitocondrias tiene su propio sistema incorporado para limitar la velocidad a la que quema su combustible, ¿de acuerdo, señor Jenkins?

—Por favor, continúa, Margaret.

—Si el número de farandolas de cualquier mitocondria cae por debajo de un punto crítico, entonces el transporte de hidrógeno podría no darse; no habría suficiente combustible, y el resultado sería la muerte por falta de energía —ella sintió pinchazos fríos en la piel de sus brazos y piernas—. Para decirlo sin tapujos, lo que podría estar sucediendo dentro de Charles Wallace sería casi insoportable.

Sentía que Blajeny la instaba a continuar, y así lo hizo:

—Algo está pasando en las mitocondrias de Charles Wallace. No estoy segura de lo que es, porque son palabras que no conozco, pero sus farandolas están muriendo, tal vez se estén matando entre sí, no, eso no es correcto. Me da la impresión de que es como si estuvieran negándose a cantar, y eso no tiene sentido. La cuestión es que están muriendo y por lo tanto sus mitocondrias no pueden producir suficiente oxígeno —ella se detuvo con rabia—. ¡Blajeny! ¡Todo esto es absurdo! ¿Cómo podemos evitar que dejen de hacer lo que sea que estén haciendo, cuando son tan pequeñas que ni siquiera son visibles? ¡Tienes que decírnoslo! ¿Cómo podemos ayudar a Charles?

Blajeny le transmitió con una calma y frialdad como el acero:

"Lo sabrás pronto."

—¿Saber qué?

—Lo que debes hacer para vencer a los Echthroi. Cuando lleguen allí, hijos míos, lo sabrán.

—¿Cuándo lleguemos adónde?

—A una de las mitocondrias de Charles Wallace.

OCHO

Viaje al interior

Ahora que Blajeny lo había dicho, a Meg le parecía la única medida de acción lógica y posible. Si iban a salvar a Charles Wallace, si las farandolas estaban causando su enfermedad, si los Echthroi estaban actuando dentro de él, sea como fuere, entonces la única esperanza era que ellos se volvieran lo suficientemente pequeños para entrar en una de sus mitocondrias y vieran lo que estaba sucediendo con las farandolas.

—Métron Áriston —dijo Calvin en voz baja—. Tamaño. Donde los tamaños no importan. Pero ser tan pequeños como una galaxia es algo enorme: ¿puede hacernos tan pequeños?

Blajeny sonrió.

—El tamaño es bastante relativo.

—De todos modos —Meg miró a Sporos—, ya estamos hablando con una farandola —si ella hubiera tratado de imaginarse una farandola, no habría tenido el aspecto de Sporos.

El señor Jenkins se levantó con rigidez y se dirigió con sus peculiares andares de cigüeña hacia Blajeny.

—No sé por qué pensé que yo podría ser de ayuda. Esto está por encima de mi entendimiento. Sólo seré un obstáculo para los niños. Mejor debería enviarme a mi escuela. Al menos allí no hay ninguna sorpresa para mí.

—¿Pero y qué pasa con lo que ocurrió esta mañana? —le preguntó Blajeny—. ¿Eso no fue una sorpresa para usted? No puedo decirle por qué se le ha enviado a estar con nosotros, señor Jenkins, porque todavía no lo sé. Pero Meg lo Nombró...

—Las implicaciones de esto todavía no están claras para mí.

—Esto significa que usted es parte de lo que vaya a suceder.

El señor Jenkins se quejó.

Blajeny extendió los brazos, abrazando a todos con su gesto.

—La mitocondria a la que los enviaré es conocida como Yadah. Se trata del lugar de nacimiento de Sporos.

Sporos se movía de un lado a otro con actitud de indignación.

Meg le gritó:

—¡Si tú estás en Charles Wallace, si él es tu galaxia, no podrías hallarte en un lugar más especial!

Louise envió su canción sibilante hacia Meg. Toda la ira desapareció cuando Meg, de la canción de Louise, recibió otra proyección de Charles, acurrucado bajo las mantas. Su madre lo levantó para acomodarlo sobre varias almohadas, de modo que pudiera facilitar su respiración entrecortada, luego retiró las mantas para que la doctora Louise pudiera escuchar su corazón con su estetoscopio. Miró hacia arriba con gravedad y Meg entendió que ella estaba sugiriendo que tal vez debían llamar a Brookhaven.

—¡Entonces es el oxígeno! —Meg gritó a Louise la Más Grande y a Blajeny—. ¿No le ayudaría el oxígeno a Charles?

—Sólo durante un tiempo. La doctora Colubra se encargará de ello cuando llegue el momento.

Las lágrimas brotaron de los ojos de Meg.

—Oh, Louise, cuida de él. No permitas que deje de luchar.

El señor Jenkins preguntó:

—¿Dejaría alguien en su sano juicio a una serpiente cerca de un niño enfermo?

—La doctora Louise lo hará —dijo Meg—, estoy segura de que lo hará, por algo que ella dijo en el laboratorio de mamá la otra noche. ¡Blajeny! ¿La doctora Louise es también una Profesora?

Blajeny asintió.

El corazón de Meg dio un salto de esperanza.

—Serpientes —murmuró el señor Jenkins—, Mitocondrias, Echthroi.

Meg tragó un sollozo entrecortado, se quitó las gafas y se limpió las lentes manchadas por las lágrimas.

El señor Jenkins la miró y habló con su voz más rebuscada y académica.

—El hombre. El punto medio del Universo. Y Charles Wallace, ¿es eso? ¿En este momento en el tiempo, Charles Wallace es el punto de equilibrio?

Blajeny asintió con gravedad.

—Entonces, ¿qué sucede con sus mitocondrias y sus farandolas?

Él miró a Meg a la espera de recibir una explicación.

Ella trató de recobrar la compostura.

—Recuerde, señor Jenkins, usted conoce muy bien el dicho de Benjamin Franklin: "Debemos permanecer unidos, o nos colgarán por separado". Supongo que esto es lo que pasa también con los seres humanos y las mitocondrias y las farandolas y nuestro planeta y el sistema solar. Tenemos que vivir juntos en… en armonía, o no viviremos en absoluto. Así que si algo marcha mal con las mitocondrias de Charles Wallace… —su voz se apagó.

El señor Jenkins sacudió la cabeza.

—¿Qué podemos hacer? ¿Qué esperanza podemos tener? —luego alzó la voz horrorizado—. ¡Oh no!

El pseudoseñor Jenkins que habían visto antes se dirigía rápidamente hacia ellos. Louise irguió sus negros anillos con un silbido horrible.

—¡Rápido!

Blajeny extendió los brazos, abarcando con ellos al señor Jenkins, Sporos, y Calvin. Proginoskes cubrió a Meg con la fuerza de sus alas y los latidos de su corazón. Ella parecía formar parte de los latidos del corazón del querubines.

La pupila ovalada se dilató y la niña entró a través de ella.

No podía decir dónde estaban; sólo podía sentir la presencia de los demás. Como si se hallaran a través de un gran túnel, oyó decir a Blajeny:

—Me gustaría mostrarles algo para animarlos antes de que comiencen.

Meg miró a su alrededor. Delante de ella había un tremendo remolino rítmico de viento y llamas, pero eran un viento y unas llamas muy diferentes a las del querubines; esto era un baile, un baile ordenado y elegante, y sin embargo, daba una impresión de libertad total y absoluta, de alegría inefable. A medida que la danza se desarrollaba, el movimiento se aceleraba, y el patrón se hacía más claro, más cercano, el viento y el fuego se movían juntos, y había alegría, y canción, una melodía que se propagaba, reuniéndolos a medida que el viento y el fuego se mezclaban.

Y entonces el viento, la llama, el baile, la canción, se cohesionaron en una única y gran esfera traviesa, juguetona, danzarina.

Meg escuchó al señor Jenkins preguntar con incredulidad:

—¿Qué fue *eso*?

Blajeny respondió:

—El nacimiento de una estrella.

El Señor Jenkins protestó:

—Pero es tan pequeña que podría sostenerla en la palma de mi mano —y luego soltó un resoplido de indignación—. ¿Cuán grande soy yo?

—Debe dejar de pensar en el tamaño. Es relativo e irrelevante.

Llegados a este punto, a Meg no le molestaba el tema del tamaño. Ella quería saber algo más.

—Progo, ¿esta estrella será Nombrada?

"Él las llama a todas por su nombre", dijo el querubines.

Meg miró con asombro a la estrella. De hecho, era tan pequeña que podría haber extendido su brazo y haberla tomado en su mano, pero su llama era tan intensa que la propia canción salía del fuego y era parte del fuego. Ella pensó con asombro, debo ser del tamaño de una galaxia.

Y entonces todos los pensamientos se disolvieron en la gloria de la melodía y la danza.

La voz de Blajeny llegó como un trueno:

—¡Ahora!

Entonces fue atraída de nuevo al interior de Proginoskes, al ritmo de su gran corazón, a la oscuridad del ojo, a…

¡No!

Ella estaba siendo consumida por las llamas. Sintió una violenta sacudida del ritmo cósmico, una distorsión de desarmonía salvaje…

Intentó gritar, pero no emitió sonido alguno. Sentía un dolor tan intenso que no podría soportarlo un momento más; otro segundo y el dolor la aniquilaría por completo.

Entonces el dolor desapareció, y una vez más sintió el ritmo del corazón querúbico, muy rápido, ligeramente irregular.

—¿Tenía que ser tan doloroso? —la conmoción y el dolor la enfadaban y la alteraban. Sus miembros temblaban débilmente.

Proginoskes parecía tener problemas; su corazón seguía palpitando de manera desigual. Ella creyó entender que él decía: "Hemos tenido un roce con un Echthros".

Su propia respiración era un jadeo superficial. Sentía que toda ella estaba allí, todos sus átomos vueltos a ensamblar, que ella era Meg; y sin embargo, cuando abrió los ojos no podía ver salvo una extraña y profunda oscuridad verdosa. Prestó atención con mucho cuidado, y por medio de lo que pareció ser al principio un sonido como el chirrido de los insectos en una noche de verano, pensó que podía oír, o tal vez sentir, una pulsación constante y regular.

—Progo, ¿dónde estamos?

"En Yadah."

—¿Quieres decir que estamos *dentro* de Charles Wallace? ¿En una de sus mitocondrias?

"Sí."

Era algo inconcebible.

—¿Qué es esa especie de tamborileo que siento? ¿Es el latido del corazón de Charles Wallace?

Proginoskes le transmitió una negación en su mente.

"Es el ritmo de Yadah."

—Se siente como un latido de corazón.

172

"Megling, ahora no estamos sujetos al tiempo de la Tierra; estamos dentro de Yadah. En el tiempo de la farandola, el corazón de Charles Wallace late algo así como una vez cada década."

Ella se estremeció. Sentía sus brazos y piernas todavía temblorosos e inútiles. Ella parpadeó, tratando de ajustar sus ojos a la oscuridad.

—Progo, no veo.

"Nadie en el interior puede ver, Meg. Los ojos no son necesarios."

Su corazón latía en espantado contrapunto al ritmo de la mitocondria. No podía prestar la debida atención cuando Proginoskes decía:

"Es lo que podría llamarse ritmo circadiano. Toda la vida necesita ritmo para…"

Ella lo interrumpió.

—¡Progo! ¡Blajeny! ¡No puedo moverme!

Sintió a Proginoskes dentro de sus pensamientos. El propio pensamiento del querubines se había calmado considerablemente; se estaba recuperando de lo que fuera que le había asustado y causado tanto dolor.

"Blajeny no ha venido con nosotros."

—¿Por qué?

"No es momento para preguntas tontas."

—¿Por qué es una pregunta tonta? ¿Por qué no puedo ver? ¿Por qué no puedo moverme?

"Meg, debes dejar de estar en pánico o no seré capaz de Transmitir contigo. No seremos capaces de ayudar a los demás."

Ella hizo un esfuerzo tremendo por calmarse, pero con cada latido del corazón sólo se sentía más tensa, más asustada. ¿Cómo era posible que su corazón latiera tan rápidamente cuando el latido de Charles Wallace ocurría solamente una vez cada década?

Proginoskes pensó ruidosamente dentro de ella: "El tiempo no es más importante que el tamaño. Todo lo que se requiere de ustedes es estar en el Ahora, en este momento que se nos ha dado".

—¡No me siento como yo misma. *No* soy yo misma! Soy parte de Charles Wallace.

"Meg. Tú estás Nombrada para siempre."

—Pero Progo...

"Recuerda la tabla de multiplicar."

—¿Quién es el tonto ahora?

"Megling, te ayudará a reconducirte a ti misma. Inténtalo."

—No puedo —su mente se sentía maltratada y entumecida. Ni siquiera podía recordar lo suficiente para contar hasta diez.

"¿Cuánto es 7 por 8?"

Ella respondió de forma automática:

—56.

"¿Cuál es el producto de 2/3 y 5/7?"

Su mente dio un vuelco, se aclaró.

—10 sobre 21.

"¿Cuál es el siguiente número primo después de 67?"

—71.

"¿Podemos pensar juntos ahora?", había una preocupación considerable en la pregunta de Proginoskes.

La concentración que el querubines había introducido en Meg, había calmado su pánico.

"Estoy bien. ¿Dónde está Calvin? ¿Dónde está el señor Jenkins? ¿Y esa... esa Sporos?"

"Están todos aquí. Serás capaz de comunicarte con ellos pronto. Pero primero tenemos que averiguar cuál es la segunda prueba".

—¿Averiguar? —su mente aún estaba confusa de dolor y miedo.

Él era muy paciente con ella.

"De la misma manera que lo hicimos con la primera prueba."

"¿La has adivinado?", pensó ella. "¿Sabes de qué se trata ésta?"

"Creo que tiene que ver con Sporos."

"Pero, ¿qué?"

"Esto es lo que debemos descubrir."

"Entonces, tenemos que darnos prisa", ella trató de controlar su impaciencia.

"Meg, tengo que trabajar contigo y el señor Jenkins juntos, porque él no es capaz de dejar que me mueva en su mente como lo haces tú, por lo que tendrás que ayudarnos. Las farandolas adultas no hablan como lo hace la gente, ellas se comunican a través del pensamiento."

"¿Al igual que los querubines?"

"Algunos de los Antiguos, sí. Con los más jóvenes es más cercano a lo que ustedes llaman telepatía. No importa lo que haya estudiado, el señor Jenkins no es capaz de entender en absoluto la Transmisión, y tú tendrás que ayudarlo."

"Lo intentaré. Pero tú tendrás que ayudarme a mí, Progo."

"Extiende tu mano derecha."

"No puedo moverme."

"Eso no importa. Mueve tu mano en tu mente. Transmite. Transmite que el señor Jenkins está en pie junto a ti, y que has extendido el brazo para sostener su mano. ¿Lo estás haciendo?"

"Lo estoy intentando."

"¿Puedes sentir su mano?"

"Eso creo. Por lo menos, estoy haciendo el esfuerzo de creer que puedo."

"Agárrala. Con fuerza. Para que sepa que estás ahí."

Su mano, que ya no era su mano de ninguna forma que hubiera conocido antes, se movía no obstante con la pauta de su recuerdo, y percibió que sentía una ligera presión en respuesta. Ella trató de comunicarse con el director.

"Señor Jenkins, ¿está ahí?"

"Aquíii", era como el eco ronco de una voz vagamente recordada; pero sabía que ella y el señor Jenkins estaban juntos.

"Meg, tendrás que transmitirle todo lo que yo te diga. Si me muevo en su mente lo lastimaré; él no puede absorber mi energía. De modo que haz lo posible por traducir simultáneamente para él: hazle ver que la *materia* de una farandola adulta no se mueve, excepto como lo hace una planta, o un árbol cuando no hay brisa para provocar su movimiento, o como se mueven los grandes bosques de algas marinas. Una farandola adulta se mueve por Transmisión. No será fácil Transmitir para el Señor Jenkins, porque han transcurrido muchos años desde que se conoció a sí mismo, a su ser real."

Meg suspiró con una especie de fatiga ansiosa, al darse cuenta súbitamente de la enorme cantidad de energía absorbida por este intenso ejercicio de comunicación sutil. El querubines se movía ligeramente, con rapidez dentro de ella, y su comunicación se movía a través y más allá de sus sentidos a una consciencia que ella nunca había conocido antes. Tanteó para contenerla en imágenes que estuvieran dentro de la comprensión del señor Jenkins.

El mar, un vasto, curvo, mar sin fin; era como si estuvieran en ese mar, en el fondo bajo la superficie del agua, más profundo de donde una ballena puede nadar. La superficie del mar, y cualquier luz que pudiera penetrar la superficie, estaban a cientos de brazas de distancia. En las oscuras Profundidades había movimiento, movimiento que era parte del ritmo que ella había confundido con el latido del corazón de Charles Wallace. El movimiento asumió figura y forma, y las imágenes fueron transmitidas al ojo de su mente, proyecciones visuales superpuestas con rapidez una sobre otra; ella intentó enviárselas al señor Jenkins:

un bosque de helechos primordial;

un lecho gigante de algas moviéndose con el vaivén de las corrientes submarinas;

un bosque virgen de árboles antiguos con corteza áspera, plateada;

árboles submarinos de follaje verde, plateado y dorado, que ondulaban con regularidad, rítmicamente, no como si las largas frondas fueran agitadas por el viento o la corriente, sino por su propia voluntad, como la ondulación de esas extrañas criaturas marinas que se hallan a mitad de camino entre la vida vegetal y la vida animal.

A las imágenes visuales se les añadió una música, extraña, rica, de otro mundo, la canción que surge del mar circundante.

Farandolas.

Sentía la confusión y los interrogantes del señor Jenkins. Para él, las farandolas eran pequeñas criaturas revoltosas como Sporos, no como los árboles de mar que ella había intentado mostrarle.

Proginoskes le comunicó sutilmente: "Los árboles del mar, como los llamas, son aquello en lo que se convertirá Sporos cuando haya Profundizado. En ese momento se llaman faras. Una vez que haya Profundizado ya no tendrá que corretear de acá para allá. Una fara adulta está mucho menos limitada por el tiempo y el espacio que un ser humano, porque las faras pueden estar acompañadas entre sí en cualquier momento, en cualquier lugar; la distancia no las separa".

"¿Se mueven sin moverse?", preguntó Meg.

"Podría expresarse de esa manera."

"¿Y yo también voy a aprender a moverme sin moverme?"

"Sí, Meg. No hay otra forma de hacerlo en una mitocondria. No hay algo sobre lo que puedas permanecer parada en Yadah, ni hay espacio para moverte a través de ella. Pero porque eres una terrícola, y los terrícolas destacan por su capacidad de adaptación, tú puedes aprender este movimiento inmóvil. ¿Estás traduciendo para el señor Jenkins?"

"Lo estoy intentando."

"Continúa, Meg. Tendremos tiempo para descansar más tarde", ella sintió un pequeño dolor agudo, que fue aliviado inmediatamente. "Algunos de los Antiguos pueden proyectar sus mensajes no sólo de mitocondria a mitocondria dentro de sus huéspedes humanos, sino de farandolas a las mitocondrias de otros huéspedes humanos. ¿Recuerdas la sorpresa de Sporos cuando Calvin le dijo que los seres humanos no pueden hacer ese tipo de cosas?"

"Sí, pero Progo, el señor Jenkins no entiende que Sporos corra de un lado a otro como un ratón de juguete. Y yo tampoco lo entiendo. No se parece en nada al tipo de cosas marinas, que acabas de mostrarnos."

"Sporos es, como ella misma dijo, sólo un niño, a pesar de que falseó las cronologías cuando dijo que nació ayer. Una farandola que entra en la adolescencia ya ha pasado a través de sus primeras etapas y ha echado raíces y se está convirtiendo en una fara adulta. Prácticamente ha llegado la hora de que Sporos deje la infancia y Profundice. Si no lo hace, será una nueva victoria para los Echthroi."

"¿Pero por qué no iba a Profundizar?"

"Calvin está teniendo problemas para comunicarse con ella. Sporos lo está frenando. Tenemos que ayudarle a Profundizar, Meg. Ésa es nuestra segunda prueba, estoy seguro de que así es."

Hacer que una reticente Sporos Profundice, parecía una prueba más imposible de cumplir que Nombrar a uno de los tres señores Jenkins.

"¿Cómo lo hacemos?"

Él respondió con otra pregunta:

"¿Estás calmada?"

¡Calma! Una vez más se movía en ese extraño lugar que está en el lado opuesto del sentimiento. Con una parte de sí misma sabía que ella estaba en Charles Wallace; de hecho, dentro de su hermano; que ella era tan pequeña que no podía ser vista ni con el microscopio microelectrónico más potente, o escuchada con el microsonoscopio; ella sabía también que la vida de Charles Wallace dependía de lo que fuera a pasar ahora. Estaba empezando a percibir un atisbo de lo que Proginoskes quiso decir cuando habló acerca de los peligros del sentimiento. Se mantuvo muy quieta, muy fría, luego se dirigió hacia el querubines proyectando sus pensamientos con tranquilidad.

"Sé una fara", le dijo. "Créelo. ¿Los habitantes de Yadah parecen más limitados que los seres humanos, porque una vez que han echado raíces no pueden moverse de su Lugar de

Profundización? Pero los seres humanos también necesitan Lugares de Profundización. Y son demasiados los que nunca tienen uno. Piensa en tus Lugares de Profundización, Meg. Ábrete a Transmitir. Ábrete."

Ella regresó al mundo extraño que estaba por debajo de la luz, por debajo del sonido, penetrada sólo por el ritmo de las mareas originado por la Luna, por el Sol, por el ritmo de la Tierra. Ella se convirtió en una con la Transmisión, criaturas Profundizadas que se mueven en el intrincado patrón de la canción, de la belleza del ritmo, de la alegría.

Luego vino una frialdad, un frío horrible que helaba la sangre. Las enredaderas fueron retraídas, se separaron de ella, aislándolos, aislando a Meg, a Proginoskes, mutuamente. La canción dio una brusca sacudida, fuera de ritmo, fuera de tono, y la rechazaba…

Algo andaba mal, terriblemente mal…

Sentía que Proginoskes se lanzaba hacia ella, dentro de ella.

"¡Meg! Eso es suficiente por ahora. Debemos estar con los demás: Calvin, el señor Jenkins, Sporos, antes de que…"

"¿Antes de qué?"

"Antes de la segunda prueba. Debemos estar todos juntos. Ábrete. Comunícate con Calvin."

"¿Dónde está?"

"No importa dónde esté, Meg. Tienes que metértelo en la cabeza, que el *"dónde"* no marca diferencia en una mitocondria. Es el por qué. Y el cómo. Y quién."

"Calvin…", a ella le parecía sentir cada músculo de su cuerpo tensarse, y protestar por el esfuerzo.

"Lo estás intentando con demasiada intensidad", dijo el querubines. "Relájate, Megling. Transmite conmigo sin todo ese esfuerzo. A menudo tú y Calvin Transmiten sin darse cuenta. Y Charles Wallace sabe cuándo te molesta algo en la escuela, lo sabe incluso antes de que llegues a casa, eso es Transmitir. Sé simplemente Meg. Ábrete. Sé. Transmite."

A través de la oscuridad submarina, ella Transmitió.

"Calvin."

"¡Meg!"

"¿Dónde estás?"

Proginoskes la espoleó bruscamente:

"Olvida dónde."

"¿*Cómo* estás?"

"Bien. Un poco confundido por todo. Sporos…"

"¿Dónde…? No. ¿Cómo *está* Sporos?"

"Meg, no quiere comunicarse o estar conmigo. No quiere compartir su mundo. Dice que los seres humanos son indignos, y puede que sea así, pero…"

Ella sintió un remolino de percepciones a su alrededor, como si las palabras y las imágenes de las percepciones fueran las gotas de agua que van a dar al océano, las gotas de agua que no son separadas las unas de las otras mientras que los seres humanos son separados. Dentro del fluir de las mareas profundas, las imágenes destellaban, muchas pequeñas criaturas como Sporos, las Profundizadas, correteaban por aquí y por allá, despreocupadas, alegres, siempre bajo la protección de los grandes algas-helecho-árboles, alrededor de los cuales revoloteaban y se balanceaban.

"¿Estás traduciendo para el señor Jenkins?"

"Lo estoy intentando, Progo, pero no estoy segura de sentirlo realmente. Sé que estoy contigo, y con Calvin, pero el señor Jenkins…"

"Tienes que estar con él, Meg. Te necesita. Está asustado."

181

"Si Blajeny lo quería con nosotros, tiene que haber una razón para ello. Pero me parece que es una responsabilidad horrible."

Ella creyó sentir una delgada y distante voz que decía:

"Estoy al tanto de eso."

Ella se estiró hacia esa débil respuesta.

"Señor Jenkins..."

"Así es", dijo Proginoskes. "Recuerda que él no tiene mucha imaginación. O, mejor dicho, se ha congelado durante mucho tiempo y no ha tenido tiempo para descongelarse. Tienes que Transmitir todo tu ser en él; sostén su mano con fuerza, de modo que él pueda sentirte y responder a tu Transmisión. ¿Puedes sentir su mano?"

"Me... me imagino que sí."

"¿Puede sentirte él a ti?"

"¡Señor Jenkins! ¿Señor Jenkins?", ella le Transmitía su interrogante. "Esperen un momento, Progo, Cal, no estoy segura, algo va mal...", se interrumpió, jadeó. "¡Calvin! ¡Progo! ¡Pro...!", ella gritó con cada partícula de su ser, pero no con un grito hecho con su voz, sino con toda ella, un grito de dolor que estaba más allá del terror.

Era el mismo dolor que había agrietado una galaxia cuando Proginoskes le había mostrado la X de los Echthroi; era el dolor que había rasgado el cielo en el patio de la escuela cuando ella había Nombrado al señor Jenkins; era el dolor que casi la había aniquilado cuando Proginoskes la llevó en ese extraño viaje a través de su ojo hasta Yadah.

Estaba siendo Tachada.

NUEVE

Farandolas y mitocondrias

Éste era el final de Meg. No iba a haber alguna cosa más. Nunca. La salida de Meg. ExMeg. XMeg.

Entonces se dio cuenta de que si ella podía pensar esto, si podía *pensar*, entonces no estaba sucediendo. Uno que es Tachado no puede pensar. El dolor seguía ardiendo como el hielo, pero podía pensar a través de él. Ella todavía era.

Transmitió con todo su ser lejos de la marca de la X.

"¡Progo! ¡Calvin! ¡Ayúdenme!"

Sintió al querubines a través de sus gritos.

"¡Meg! ¡Yo te Nombré! ¡Tú eres!"

Y a continuación, números, números que se movían tan fuerte, constante, rítmicamente como la marea.

Calvin. Le estaba enviando números a ella, Calvin le estaba enviando aquellos primeros problemas de trigonometría que habían resuelto juntos. Ella se aferró de los números como si fuera un salvavidas, hasta que el dolor infligido por los Echthroi desapareció y ella fue libre de regresar nuevamente al reino de las palabras, palabras humanas que eran mucho más fáciles para Calvin que los números.

"Calvin", lo llamó. "Oh, Calvin." Y entonces su transmisión se tornó en un anhelo angustiado por sus padres. ¿Dónde estaba su padre? ¿Habrían llamado la doctora Louise o su madre a Brookhaven? ¿Qué le habrían contado? ¿Estaba de camino a casa? Y su madre... ella quería retirarse, dar marcha atrás, volver, subir al regazo de su propia madre como lo había hecho cuando tenía la edad de Charles Wallace y necesitaba ser curada de alguna pequeña herida...

No, Meg.

Sentía como si unos dedos suaves la estuvieran empujando hacia abajo, obligándola a caminar sola. Ella trató de Transmitir, enfocar la voz de su mente, enviar su haz por fin a Proginoskes y a Calvin.

"¿Qué sucedió?"

Sintió una serie de grandes terremotos antes de que Proginoskes lograra Transmitirle unas palabras. Fuera lo que fuese lo que había pasado, ciertamente había alterado al querubines. Él envió su Transmisión por fin:

"Como si una vez no hubiera sido suficiente, cuando extendiste la mano hacia el señor Jenkins, tomaste la de un Señor Jenkins-Echthros. Ahora sabemos que al menos uno de ellos nos ha seguido hasta aquí."

"¿Cómo?"

"No a través del señor Jenkins, aunque todavía esté utilizando un cuerpo con su semejanza. Tal vez a través de Sporos..."

"¡Sporos!"

"El orgullo siempre ha sido la piedra de choque de los Profundizados. Puede que Sporos haya escuchado a un Echthros... No estamos seguros."

"¿Qué hiciste? ¿Cómo me separaste de él? Dolía... dolía más que nada de lo que yo hubiera imaginado que pudiera hacer daño. Y entonces sentí que me Nombrabas, Progo, y

184

que tú y Cal estaban enviándome números, y el dolor cesó y yo regresé de nuevo a mí."

Calvin Transmitió:

"Proginoskes consiguió que un montón de pequeñas farandolas acudieran corriendo y le hicieran cosquillas al Señor Jenkins-Echthros. Se sorprendió tanto que te soltó."

"¿Dónde está ahora el Señor Jenkins-Echthros?"

Proginoskes fue cortante:

"No importa dónde, Meg. Está aquí. Está con nosotros en Yadah."

"¿Entonces nos hallamos todavía en peligro?"

"Todo Yadah está en peligro. Cada mitocondria en este huésped humano está en peligro."

"¿Este huésped humano?"

Proginoskes no respondió. Este huésped humano era Charles Wallace.

"¿Qué vamos a hacer?"

Hubo otra conmoción volcánica antes de que Proginoskes respondiera:

"No hay que dar cabida al pánico."

Ella Transmitió a Calvin, y lo sintió responder a su Transmisión. Ella preguntó:

"¿Sabías lo que me estaba sucediendo?"

"Al principio no. Entonces Progo me lo dijo", una terrible quietud siguió a la respuesta de Calvin. Ella sintió que él le estaba ocultando algo.

"¿Las pequeñas farandolas, las que me salvaron, están todas bien?"

Hubo un silencio.

"¿Están todas bien, las pequeñas farandolas que sorprendieron al Echthros y me salvaron?"

"No", la Transmisión llegó a regañadientes tanto de Calvin como de Proginoskes.

"¿Que les sucedió?"

"Sorprender a un Echthros no es cosa segura."

"¿Los Echthroi las Tacharon?"

"No, Meg. Ellas mismas lo hicieron. Es una cuestión muy diferente".

"¿Qué les ocurrirá ahora?"

Proginoskes Transmitió lentamente:

"Nunca antes lo había presenciado. Había oído hablar de ello, pero nunca lo había visto. Ahora comprendo más que antes. Las farandolas son conocidas por su nombre al igual que las estrellas. Eso es todo lo que necesito saber."

"¡No me habías dicho! ¿Dónde están las pequeñas farandolas que me salvaron? Si se han Tachado a sí mismas, entonces, ¿dónde están?"

Ella percibió un débil:

"No importa dónde. Meg, debes ponerte en contacto con el señor Jenkins. El verdadero señor Jenkins."

Instintivamente, su Transmisión cesó:

"No me atrevo a intentarlo de nuevo. ¿Tienes idea de lo mucho que duele?"

"Tu grito sacudió toda la mitocondria. Sólo espero que no haya herido a Charles Wallace."

Ella se estremeció, a continuación se asió a algo, no estaba segura de a qué, pero lo sentía como un salvavidas. Después de un momento supo que procedía del querubines, una efusión de amor, un amor tan tangible que podía aferrarse a él.

"Contacta con el señor Jenkins", la instó Proginoskes. "Nómbralo otra vez. Ve todo lo que has sido capaz de Transmitirle. Y recuerda, tiene que ir a su velocidad, no a la tuya."

"¿Por qué? ¡Nos está frenando!"

"Tranquila, Meg", le Transmitió Calvin. "Los adultos tardan más tiempo que nosotros en este tipo de cosas, especialmente los adultos como el señor Jenkins que no ha intentado tener nuevos pensamientos durante un largo periodo."

"¡Pero no nos queda tiempo! Charles Wallace…"

"He dicho que tardan más que nosotros, y es cierto. Pero a veces los adultos pueden ir más allá que nosotros, si somos pacientes."

"¡No tenemos tiempo para ser pacientes!"

"Meg, confía en Blajeny. El señor Jenkins debe estar con nosotros por una razón. ¡Ayúdalo! Haz lo que dice Progo."

Proginoskes Transmitió con urgencia:

"Es posible que necesitemos al señor Jenkins para que Sporos Profundice. Blajeny no lo habría enviado a no ser que… Oh, Meg, un Profesor nunca obra sin razón. Trata de llegar hasta el señor Jenkins, Meg."

Ella dejó su terror a un lado y abrió su ser para Transmitir, y es que ella estaba con Charles Wallace:

no dentro de él,
no sin él,
sino con él,
era parte de su agotamiento,
de su aterradora pérdida de energía,
de su pugna por respirar.

Oh, Charles, lucha,
no dejes de luchar,
respira,

 187

respira,

intentaré ayudarte,

haré todo lo posible por ayudarte, incluso

entonces

Estaba con los gemelos. Charles Wallace, pensó ella, la había enviado.

Los gemelos estaban en el jardín, cavando, escarbando tristemente y arrancando las plantas viejas de tomate, las heladas y ennegrecidas zinnias, la lechuga convertida en semilla, arrancándolas todas ellas con el fin de enriquecer la tierra para la próxima primavera, la siguiente plantación, con los rostros en silencio fijos en el trabajo, dejando de lado su ansiedad por la condición física de Charles Wallace.

Sandy rompió el silencio:

—¿Dónde está Meg?

Dennys se detuvo, con un pie en el bieldo a medida que la hundía en la tierra.

—Debería regresar de la escuela pronto.

—Charles Wallace dijo que no está en la escuela. Dijo que Meg está *en* él. Lo escuché.

—Charles Wallace está delirando.

—¿Alguna vez has visto morir a alguien?

—Sólo animales.

—Me gustaría que Meg llegara a casa.

—¡A mí también!

Continuaron con su preparación del jardín para el frío y la nieve del invierno.

"Si la tarea de los gemelos es simplemente cuidar de su jardín", se dijo Meg a sí misma, "la tuya es comunicarte con el señor Jenkins. ¿Dónde? En ninguna parte. Sólo en el señor Jenkins".

"Señor Jenkins. Señor Jenkins. Usted es usted y nadie más que usted y yo lo Nombré. Estoy Transmitiendo, señor Jenkins. Aquí estoy. Yo. Meg. Usted me conoce y yo a usted."

Le pareció oír un resuello, un resuello del señor Jenkins. Luego él pareció retroceder de nuevo. Este minúsculo mundo submarino estaba completamente más allá de su comprensión. Ella trató de Transmitirle una vez más todas las imágenes de la Tierra equivalentes a las cuales ella había recibido, pero él respondió sólo con un ansioso vacío.

"Nómbralo", le instó Proginoskes. "Él tiene miedo de ser. Cuando lo Nombraste en el patio de la escuela, estabas Transmitiendo, así fue como tú lo distinguiste de los dos señores Jenkins-Echthros, y cómo debes hacerlo ahora."

El señor Jenkins. Único, al igual que cada estrella en el cielo es única, cada hoja de cada árbol, cada copo de nieve, cada farandola, todos los querubines, únicos: Nombrados.

Le dio los zapatos a Calvin. Y él no tenía por qué haber venido con nosotros a este peligro y horror, pero lo hizo. Él eligió unirse a nuestra suerte cuando podía haber regresado a la escuela y a su vida segura, como un fracasado.

Sí, pero para un hombre sin imaginación venir con ellos a lo desconocido inimaginablemente infinitesimal, no es el tipo de cosas que hace un hombre fracasado.

Sin embargo, el señor Jenkins lo había hecho, lo estaba haciendo.

"¡Señor Jenkins, lo amo!"

Y era cierto.

Sin detenerse a pensar, ella puso su mano imaginada en la de él. Sus dedos estaban ligeramente húmedos y fríos, tan húmedos y pegajosos como ella siempre había pensado que sería la mano del señor Jenkins.

Y real.

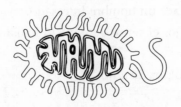

DIEZ

Yadah

Por supuesto, la mano del señor Jenkins estaría húmeda. Estaría paralizado por el miedo. Él estaba a años luz de los juegos de imaginación y fantasía.

"Señor Jenkins, ¿está usted bien?"

Ella sintió una Transmisión a tientas, una asustada incapacidad para aceptar que en realidad se hallaban en una mitocondria, una mitocondria dentro de una de las células de Charles Wallace.

"¿Cuánto tiempo hemos estado aquí?"

"No estoy segura. Han sucedido tantas cosas. ¿Progo, tienes la certeza de que estamos sujetos al tiempo de la farandola, y no al tiempo de la Tierra?"

"Al tiempo de la farandola."

"¡Uf!", le dijo ella al señor Jenkins con alivio. "Eso significa que el tiempo en la Tierra está pasando mucho más lentamente que el tiempo para nosotros, eones de años más lento. El corazón de Charles Wallace late sólo una vez cada década más o menos."

"A pesar de ello", advirtió Proginoskes, "no hay tiempo que perder".

Otro destello del rostro de Charles Wallace, ceniciento, con los ojos cerrados, la respiración dificultosa; de la cara de su madre, tensa por el dolor; de la doctora Louise, vigilante, a la espera. Se puso en pie con su pequeña mano palpando ligeramente la muñeca de Charles Wallace.

"Lo sé", le respondió Meg al querubines. Un viento frío parecía soplar a través de las hendiduras de sus costillas. Ella debe ser fuerte por Charles Wallace ahora, para que pueda recurrir a esa fuerza. Contuvo la mente tranquila y constante hasta que se calmó.

Luego se abrió a sí misma de nuevo al señor Jenkins. Pensamientos borrosos que difícilmente podría calificar como una verdadera Transmisión se movieron a su alrededor como el agua lenta, y sin embargo ella entendió que el señor Jenkins estaba más abierto a ella de lo que nunca lo había estado antes, o de lo que nunca había sido capaz de estar con la mayoría de la gente. Su mente se estremeció en la de Meg mientras trataba de captar el extraordinario hecho de que seguía siendo él mismo, todavía era el señor Jenkins, al mismo tiempo que era una parte minúscula del niño que había sido uno de sus problemas más desconcertantes e irritantes en la escuela.

Meg trató de hacerle saber, de la manera más tranquilizadora como le fue posible, que al menos uno de los señores Jenkins-Echthros estaba con ellos en Yadah. Ella no quería recordar su terror durante su encuentro con uno de ellos, pero tenía que ayudar al señor Jenkins a entender.

Él le envió una respuesta, primero de desconcierto, a continuación de miedo, y después de una extraña ternura hacia ella.

"No se te debería pedir soportar este tipo de cosas, Margaret."

"Hay más", le dijo ella. Esto era lo más difícil de todo, hacerle entender que algunas de las pequeñas farandolas, algunas de las criaturas juguetonas y danzarinas, la habían salvado del señor Jenkins-Echthros, y se habían sacrificado a sí mismas al hacerlo.

El señor Jenkins emitió un gemido.

De Proginoskes, Meg transmitió al director:

"Era mejor que dejar que los Echthroi las Tacharan. De esta manera todavía siguen... siguen formando parte de la Creación", dirigió su Transmisión a Proginoskes: "¿Si los Echthroi Tachan, o si ese algo se Tacha a sí mismo, es para siempre?".

El querubines la rodeó con la oscuridad de su desconocimiento. "Nosotros no necesitamos saber eso, Meg", le dijo con firmeza, y la oscuridad empezó a soplar. "Soy un querubines. Todo lo que necesito saber es que todas las galaxias, todas las estrellas, todas las criaturas, angelicales, humanas, farandóleas, todas, todas, son conocidas por su Nombre", casi parecía que canturreaba para sí mismo.

Meg Transmitió a él con aspereza.

"Eres Progo. Yo soy Meg. Él es el señor Jenkins. ¿Ahora, qué se supone que debemos hacer?"

Proginoskes volvió a centrar su atención.

"El señor Jenkins no quiere entender lo que es una farandola."

"El mal es el mal", el señor Jenkins envió tentativamente a Meg. Ella sintió que su mente ponía obstáculos a la idea de la comunicación donde la distancia no era una barrera. "Los ratones hablan por medio de los chillidos, y los camarones por... No sé mucho de biología marina, pero deben emitir *algún* sonido. ¡Pero los árboles!", protestó él. "Ratones que echan raíces y se convierten en árboles... ¿Dijiste árboles?"

 193

"No", Meg se tornaba impaciente, no tanto con el Señor Jenkins como con su propia ineptitud para comunicarse con él. "Las faras… bueno, son diferentes a los árboles, en cierto modo primordiales, y son diferentes al coral y otras cosas submarinas por el estilo."

"Los árboles no pueden hablar los unos con los otros."

"Las faras sí. Y en cuanto a los árboles, ¿realmente cree que no?"

"Eso es absurdo."

"Señor Jenkins, cuando usted camina por el bosque cerca de su hogar, y el viento agita los árboles, ¿nunca ha tenido la sensación de que si supiera cómo, usted sería capaz de entender lo que están diciendo?"

"Nunca", había pasado mucho tiempo desde la última vez que había caminado por el bosque. Recorría el camino desde su alojamiento a la escuela y de la escuela a su alojamiento, conduciendo en ambos sentidos. No tenía tiempo para ir a pasear por el bosque…

Ella sintió un tenue pesar en su Transmisión, por lo que trató de hacer que oyera el sonido del viento en los pinares.

"Si cierra los ojos suena como las olas del mar, a pesar de que no estamos de ninguna manera cerca del océano."

Todo lo que sintió del señor Jenkins fue otro baño frío de incomprensión.

De modo que ella visualizó un pequeño bosque de álamos para él, cada una de sus hojas temblaba y se agitaba por separado, susurrando suavemente en la quietud del verano.

"Soy demasiado viejo", fue la respuesta del señor Jenkins. "Soy demasiado viejo. Únicamente los estoy frenando. Deberían hacerme volver a la Tierra."

Meg olvidó que recientemente ella había hecho esa misma propuesta.

"De todos modos, Yadah está en la Tierra, o dentro de la Tierra, más o menos, ya que está dentro de Charles Wallace..."

"No, no", dijo el señor Jenkins, "es demasiado. No soy de ninguna ayuda. No sé por qué pensé que podría serlo...", su Transmisión se apagó.

A través de su desaliento, ella percibió a Calvin.

"¡Oye, Meg! La comunicación implica sonido. La comunión no."

Él le envió una breve imagen de una caminata en silencio por el bosque, los dos solos, sus pisadas casi imperceptibles en el lecho de agujas de pino marchitas. Caminaban sin hablar, sin tocarse, y sin embargo, estaban tan cerca como es posible que dos seres humanos puedan estarlo. Subieron por el bosque, saliendo a la brillante luz del sol en la parte superior de la colina. Unos árboles de zumaque exhibían sus panículas caducas. El laurel de montaña, brillante, con las hojas de un color verde oscuro que parecía negro con la intensidad de la luz del sol, que se expandía hacia el bosque. Meg y Calvin se habían tendido en la gruesa hierba de finales de verano, tumbados sobre sus espaldas y mirando hacia el azul brillante del cielo, una bóveda interrumpida sólo por unas pocas nubecillas.

Y recordaba que ella había sido tan feliz, tanto como es posible serlo, y se sentía tan cercana a Calvin como nunca lo había estado a nadie en su vida, incluso a Charles Wallace, tan cerca que sus cuerpos separados se unían más que dividirse con las margaritas y los ranúnculos; todo parecía un goce único de verano y sol, y ellos dos.

Era sin duda la más pura forma posible de Transmisión.

El señor Jenkins nunca había tenido ese tipo de comunión con otro ser humano, una comunión tan rica y completa que el silencio hablaba con más fuerza que las palabras.

De nuevo Calvin Transmitía con palabras urgentes:

"The Wall Street Journal."

"¿Qué?"

"El señor Jenkins lee *The Wall Street Journal*. Tal vez podría haber leído esto."

"¿Leer qué?"

"¿Recuerdas que hace tan sólo unas semanas te conté acerca de un proyecto de ciencias que hice años atrás cuando estaba en cuarto grado? Incluso los gemelos estuvieron interesados en el tema."

Meg escuchó con atención, tratando de Transmitir simultáneamente al señor Jenkins.

El tema del viejo proyecto de ciencia antigua había surgido debido al huerto de los gemelos. Sandy y Dennys estaban desconcertados e irritados. Algunas de las matas habían dado frutos grandes y sanos. En otras, los pimientos estaban marchitos, arrugados y sin color. Llevaron a Calvin a mirar las plantas pequeñas, flácidas, que no presentaban ningún signo visible de enfermedad, y él recordó su proyecto de ciencias de cuarto grado.

Meg preguntó:

"¿Podría ser que las plantas tuvieran el mismo tipo de problema que están teniendo las mitocondrias? ¿Los Echthroi podrían afectar a cosas como los huertos?"

Calvin apartó a un lado esta cuestión para pensar en ella más adelante.

"Ahora no, Meg. Escucha. Creo que mi proyecto de ciencias le ayudará a entender al Señor Jenkins."

A Meg le parecía ver la nariz del señor Jenkins retorcerse como hacía siempre cuando estaba renuente.

"Está bien, entonces", le Transmitió ella a él, poco a poco, lo más sencillamente posible; la Transmisión de Calvin era siempre una fuerte corriente por debajo y a través de ella.

A los nueve años de edad Calvin leía con avidez cada libro que llegaba a la pequeña biblioteca del pueblo. El bibliotecario, al ver su gusto por los libros, le animó, le procuró una esquina especial como la suya en la biblioteca, y le dio a leer todos los viejos clásicos de la imaginación. Su capacidad de concentración en esas historias era incansable.

Sin embargo el chico consideraba un aburrimiento la mayor parte de las tareas que le ponían en la escuela, en particular los proyectos de ciencia. No obstante, también era muy competitivo, y se impuso como objetivo ser el mejor de su clase en todas las asignaturas, incluso en aquellas que él consideraba una pérdida de tiempo.

Cuando llegó la semana en la que debía decidir la temática para su proyecto de ciencias, se sentía desinteresado y sin algo en mente, pero sabía que tenía que elegir algo. Pensaba en ello con especial urgencia el jueves por la tarde cuando estaba ayudando a la anciana señora Buncombe a limpiar su ático. ¿Qué podía elegir que le interesara a su maestro y a sus compañeros y no lo aburriera por completo? La señora Buncombe no le pagaría por limpiar la suciedad y el polvo, su ático no había sido tocado durante años, sino que lo había sobornado para hacerlo diciéndole que había una vieja vajilla de porcelana en el ático, y que podía tomarlo como pago. Tal vez sabía que los O'Keefe nunca podían sentarse a disfrutar de una comida juntos, aunque quisieran, porque no había suficientes platos y tazas para todos ellos.

La porcelana estaba guardada en una caja en la parte posterior del ático, envuelta en periódicos viejos. Parte de ella estaba rota; y gran parte resquebrajada; sin duda no era una vajilla olvidada de Wedgwood o Dresden. ¿Quién se había tomado la molestia de envolverla con tanto cuidado como si se tratara de una reliquia de valor incalculable? Sin embargo, quedaba suficiente parte de la vajilla para ser digna de llevarse a casa. La desenvolvió para su madre, que se quejó de mala gana, aunque tuviera razón, diciendo que eran baratijas.

Estiró las amarillentas y arrugadas páginas de los periódicos, y empezó a leer una de ellas. Era un viejo ejemplar de *The Wall Street Journal*; la fecha había sido arrancada, pero el papel era quebradizo y estaba manchado y sabía que debía tener un buen número de años. Su ojo captó un artículo sobre una serie de experimentos realizados por un biólogo.

El biólogo tuvo la idea, inusitada en aquel momento, de que las plantas eran capaces de emitir reacciones subjetivas a los estímulos, y decidió medir la fuerza de estas reacciones por medio de electrodos, como los utilizados en un detector de mentiras, pinzados a las hojas de un filodendro grande y saludable.

Llegados a ese punto del artículo, una sección del papel había sido arrancada, y Calvin no pudo leer varias frases. Pescó una declaración que decía que las agujas electrónicas registraban las respuestas de la planta en un gráfico, al igual que los patrones de ondas cerebrales o cardíacos son registrados por las máquinas de los electroencefalogramas o electrocardiogramas.

El biólogo pasó toda una mañana mirando las agujas moverse en línea recta a través del papel. Nada pasó. No se observaron reacciones. La aguja no temblaba. La línea se movía lentamente y de manera constante.

El biólogo pensó: "Voy a hacer que las plantas reaccionen. Voy a quemar una de sus hojas".

La aguja hizo unas salvajes marcas de alarma arriba y abajo.

El resto del artículo había sido arrancado.

Los pensamientos del señor Jenkins llegaron a Meg con toda claridad, lo notaba un poco irritado:

"Leí ese artículo. Me pareció absurdo. Obra de un chiflado."

Calvin Transmitió:

"La mayoría de los grandes descubrimientos científicos han sido realizados por chiflados, o al menos, por personas que se pensaba que eran chiflados."

"Mis propios padres, por ejemplo", añadió Meg, "hasta que se probó que algunos de sus descubrimientos eran ciertos".

Calvin continuó:

"Escuchen. Eso no es todo. Encontré otro artículo entre los papeles."

Este otro describía al biólogo en una gira de conferencias alrededor del país. Le pidió a uno de sus estudiantes que cuidara, vigilara y grabara las reacciones de su filodendro.

Las agujas de alarma de la planta se agitaban nerviosamente siempre que el avión del biólogo despegaba o aterrizaba.

"¿Cómo podía saberlo?", preguntó Meg.

"Lo sabía."

"Pero la distancia…", protestó ella, "¿cómo puede una planta, un simple filodendro doméstico, saber lo que sucedía a kilómetros y kilómetros de distancia?".

"O verse afectada por ello", llegó la severa voz del señor Jenkins.

"La distancia no parece ser más importante que el tamaño. O el tiempo. En cuanto a cariño, bueno, eso está fuera del ámbito de los hechos comprobables."

Para su proyecto, Calvin había elaborado una variación sobre el tema de la respuesta de la planta. No tenía forma de medir las respuestas subjetivas de una planta, por lo que decidió plantar tres semillas de frijoles.

El señor Jenkins no le dio mucha importancia a esto.

Meg le Transmitió en señal de advertencia:

"¡Aguarde! Era una idea propia de Calvin. Tenía sólo nueve años de edad en ese entonces, y no sabía que ya se estaban realizando experimentos del mismo tipo."

Calvin plantó una de las semillas en una maceta que dejó en la cocina de su casa. La puso en una ventana donde le daba la luz del sol, y la regaba todos los días. Advirtió a sus hermanos y hermanas de que les daría su merecido si las tocaban. Ellos sabían que lo decía en serio, y dejaron a su planta literalmente en paz. Sin embargo, la planta lo oyó…

"¿Sin orejas?", Transmitió el señor Jenkins de mal humor.

"Tal vez sea como Louise", Transmitió Meg en respuesta.

La planta escuchaba la fea y automática invectiva de la charla cotidiana en la casa de Calvin. El mismo Calvin se quedaba en casa lo menos posible.

Las otras dos semillas las llevó a la biblioteca, donde el bibliotecario le dio permiso para colocar sus macetas en dos ventanas soleadas. Uno de estos granos lo regaba y atendía debidamente. Pero eso era todo. Al tercer frijol le hablaba, le daba ánimos, le instaba a crecer. Cuando apareció el primer brote verde, le prodigó todo el amor que no podía compartir en su casa. Después de la escuela se sentaba cerca de la planta, haciendo sus deberes, leyéndole en voz alta cuando no había nadie alrededor, compartiendo su día con ella.

La primera de las plantas de frijoles, la que estaba en la cocina de los O'Keefe, estaba esmirriada, y de un color verde demasiado pálido, como los pimientos enfermizos de los gemelos. La segunda planta, la que estaba en la ventana de la biblioteca, a la que le daba atención regular pero sin ningún tiempo o atención especial, creció normalmente. La tercera planta, la planta que Calvin amaba, se hizo fuerte y verde e inusualmente grande y saludable.

El señor Jenkins Transmitió débil pero lo bastante comprensiblemente:

"Que el filodendro y los frijoles pueden reaccionar de esa manera debería ayudarme a entender las farandolas, ¿es eso lo que estás tratando de decirme?"

"Algo así", respondió Meg.

Calvin añadió:

"¿Lo ve? La distancia no importa. Pueden conocerse y conversar entre sí, y la distancia no existe realmente para ellos."

El señor Jenkins envió oleadas de incredulidad:

"¿Si son amadas, crecen? ¿Y si no lo son…?"

"Los Echthroi pueden internarse en ellas."

Ahora oyó lo que sólo podía ser el titileo de Sporos:

"Son aburridos y lentos, al igual que todos los seres humanos, pero al fin estás consiguiendo penetrar en ellos, querubines."

"Mi nombre es Proginoskes, con su permiso, criatura-ratón."

A la farandola no le hizo gracia.

"Mi nombre es Sporos", le envío un titileo de reproche.

"Meg", le Transmitió Proginoskes profundamente a ella. "¿Te das cuenta de lo que ha estado ocurriendo? Has estado cerca del señor Jenkins, ¿verdad?"

"Eso creo. Sí."

"Y sin embargo, sus cuerpos no están próximos. Y ya sabes que nada puede separarte de Calvin cuando Transmiten juntos."

Sí. Estaba con Calvin. Estaban juntos. Ella sintió la calidez de su rápida sonrisa, una sonrisa que siempre tenía una ligera singularidad de tristeza y aceptación, inusual en un adolescente de dieciséis años de edad. Ahora él no estaba Transmitiendo con palabras, sino a través de grandes ondas de valor, de fuerza, que fluían a través de ella.

Ella las aceptó, las absorbió. Fuerza. Iba a necesitar una gran cantidad de ella. Se abrió, la absorbió.

"Muy bien", les dijo Proginoskes. "Estamos juntos. Podemos continuar."

"¿Qué vamos a hacer?", preguntó el señor Jenkins.

"La segunda prueba", les instó el querubines. "Debemos pasar la segunda prueba."

"¿Y ésta es?"

"Nombrar a Sporos. Al igual que Meg lo Nombró a usted."

"¡Pero Sporos ya está Nombrada!"

"No hasta que haya Profundizado."

"No lo entiendo."

"Cuando Sporos Profundice", dijo Proginoskes al señor Jenkins, "significa que llega a la mayoría de edad. Significa que crece. La tentación para una farandola o para un hombre o para una estrella es permanecer como un inmaduro buscador de placer. Cuando buscamos nuestro propio placer como el bien último, nos ponemos a nosotros mismos como el centro del Universo. Una farandola o un hombre o una estrella tiene su lugar en el Universo, pero nada de lo creado es el centro".

Meg preguntó:

"Las pequeñas farandolas que me salvaron…"

"Ellas llegaron a la mayoría de edad, Meg."

La chica meditó en ello.

"*Creo* que lo entiendo…"

"Yo no", dijo el señor Jenkins. "Creía que habíamos venido aquí para tratar de ayudar a Charles Wallace, que se halla enfermo a causa de sus mitocondrias…"

Proginoskes se echó hacia atrás con impaciencia.

"Así es."

"¿Pero qué tiene que ver Sporos con Charles Wallace?"

"El equilibrio de la vida dentro de Yadah es precario. Si Sporos y el resto de su generación no Profundiza, se alterará el equilibrio. Si las farandolas se niegan a Profundizar, la canción será acallada, y Charles Wallace morirá. Los Echthroi habrán vencido."

"Pero un niño…", preguntó el señor Jenkins. "Un niño pequeño… ¿Por qué es tan importante?"

"Es el patrón de toda la Creación. Un niño, un hombre, pueden alterar el equilibrio del universo. En su propia historia de la Tierra, ¿qué habría ocurrido si Carlomagno hubiera caído en Roncesvalles? ¿Una escaramuza menor?"

"¿Hubiera sido una victoria de los Echthroi?"

"Y su historia habría sido aún más oscura de lo que ya es."

"¡Señor Jenkins!", exclamó Meg. "Escuche, acabo de recordar: Por falta de un clavo se perdió la herradura; por falta de una herradura se perdió el caballo; por falta de un caballo se perdió el jinete; por falta de un jinete se perdió el mensaje; por falta del mensaje se perdió la batalla; por falta de la batalla se perdió la guerra; por falta de la guerra se perdió el reino; y todo por falta del clavo de una herradura."[9]

"Tenemos que salvar a Charles Wallace!", exclamó el señor Jenkins.

"¿Qué podemos hacer, Progo? ¿Qué podemos hacer?"

---

[9] *"For Want of a Nail"* es un proverbio que ha tenido multitud de variaciones a lo largo de la historia, siendo quizá la cita atribuida a Benjamin Franklin, la más conocida.

ONCE

Sporos

Una explosión de armonía tan brillante que casi los abrumaba rodeaba a Meg, al querubines, a Calvin, y al señor Jenkins. Pero tras un momento de desaliento, Meg fue capaz de abrirse a la canción de las faras, estas extrañas criaturas que habían Profundizado, echado raíces, y que sin embargo, nunca se habían separado la una de la otra, no importa cuán grande fuera la distancia.

Somos la canción del universo. Cantamos con el anfitrión angelical. Somos los músicos. Las faras y las estrellas son las cantantes. Nuestra canción ordena el ritmo de la creación.

Calvin preguntó:

"¿Cómo se puede cantar con las *estrellas*?"

Hubo sorpresa por la pregunta: es la canción. La cantamos juntos. Ésa es nuestra alegría. Y nuestro Ser.

"Pero, ¿cómo saber acerca de las estrellas aquí... dentro...?"

¿Cómo podrían las faras no saber acerca de las estrellas cuando las faras y las estrellas cantan juntas?"

"Pero ustedes no pueden ver las estrellas. ¿Cómo pueden conocerlas?"

Había una total incomprensión por parte de las faras. Si Meg y Calvin Transmitían en imágenes visuales, ésta era su propia limitación. Las faras iban más allá de la visión física.

"Está bien", dijo Calvin. "Sé lo poco que hemos aprendido a utilizar de nosotros mismos y de nuestro cerebro. Tenemos miles de millones de células cerebrales, y usamos sólo una pequeña porción de ellas."

El señor Jenkins añadió con su seca y poca convincente Transmisión:

"He oído que el número de células que tenemos en el cerebro y el número de estrellas que existe en el universo es exactamente igual."

"¡Progo!", preguntó Meg. "Tú memorizaste los nombres de todas las estrellas... ¿Cuántas hay?"

"¿Cuántas hay? Santo cielo, terrícola, no tengo la menor idea."

"Pero dijiste que tu última asignación fue memorizar los nombres de todas ellas."

"Lo hice. Todas las estrellas de todas las galaxias. Y son un gran número."

"Pero, ¿cuántas?"

"¿Qué diferencia habría? Sé sus *nombres*. No sé cuántas hay. Lo que importa son sus nombres."

La fuerte Transmisión de las faras se unió a la de Proginoskes.

"Y la canción. Si no fuera por el apoyo del canto de las galaxias, nosotras las faras de Yadah habríamos perdido la melodía, sólo unas pocas farandolas están Profundizando. Los in-Nombradores están haciendo su trabajo".

Meg sintió un escalofrío repentino, algo que la empujaba hacia atrás, un desvanecimiento de la Profundización de las faras; hubo una disonancia en la armonía; el ritmo vaciló.

En el ojo de su mente se cruzó una imagen de una tropa de farandolas bailando incontroladamente alrededor de un fara-árbol, cada vez más rápido, hasta que ella se sintió mareada.

"Sporos está con ellas", le dijo Proginoskes.

"¿Qué están haciendo? ¿Por qué están girando cada vez más rápido?", el círculo de farandolas giraba tan rápidamente que se convirtió en un remolino borroso. Las frondas del gran fara-árbol alrededor del cual giraban comenzaron a languidecer.

"Están absorbiendo los nutrientes que la fara necesita. La fara es Senex, de quien proviene Sporos", había frialdad en las palabras de Proginoskes.

La velocidad del baile de las farandolas se convirtió en un grito en los oídos de Meg.

"¡Alto!", gritó ella. "¡Basta ya de una vez!", no había felicidad o alegría en la danza. Era salvaje, feroz, furibunda.

Luego, a través de la furia de la danza, llegó el compás fuerte y puro de una melodía tranquila, verdadera, noble. El baile de las farandolas rompió su círculo y éstas pusieron pies en polvorosa sin rumbo fijo; entonces, lideradas por Sporos, corrieron a otra fara y comenzaron a girar a su alrededor.

Las frondas reverdecidas de Senex, se levantaron.

Proginoskes dijo:

"Es lo suficientemente fuerte para resistir más tiempo que cualquiera de las otras faras. Pero ni siquiera Senex puede aguantar por siempre", se detuvo bruscamente. "Sientan."

"¿Qué debemos sentir?"

"El ritmo de la mitocondria. ¿Soy yo o Yadah está flaqueando?"

"No eres tú", respondió Meg al querubines. Todos estaban muy quietos, escuchando, sintiendo. De nuevo se produjo una ligera irregularidad en el pulso firme. Un tambaleo. Un latido perdido. Luego se estabilizó, continuó.

Como si hubiera abierto un tajo a través de la no-luz de Yadah, Meg tuvo una breve visión de Charles Wallace recostado en su pequeña habitación, jadeando, falto de aire. Ella creyó ver a la doctora Louise, pero lo extraño era que no podía distinguir si se trataba de la doctora Louise Colubra, o Louise la "culebra" real.

"¡No te rindas! Respira, Charles. Respira." Y con voz firme dijo: "Es hora de probar el oxígeno".

A continuación fue llevada al interior de la mitocondria, a Senex, el árbol progenitor de Sporos. Ella trató de transmitirle lo que acababa de ver, pero no recibió respuesta alguna. Su incomprensión era aún mayor que la que había tenido el señor Jenkins. Ella le preguntó a Proginoskes:

"¿Sabe Senex siquiera que Charles Wallace existe?"

"De la misma forma que tú sabes que existe su galaxia, la Vía Láctea."

"¿Sabe que Charles Wallace está enfermo?"

"De la misma forma que tú sabes que su Tierra está enferma, por los peces que mueren en los ríos, por las aves que mueren en los bosques, por la gente que muere en las asfixiantes ciudades. Ustedes lo saben por la guerra y el odio y el caos. Senex sabe que su mitocondria está enferma porque las farandolas no Profundizarán y muchas de ellas están muriendo. Escucha. Transmite."

Un grupo de farandolas giraba alrededor de un fara-árbol; las frondas se cerraban; el color desaparecía. El baile era un grito de risa, de risa grotesca. Meg olió el hedor, que era como el que percibió en el jardín de los gemelos cuando se había encontrado por primera vez a un Echthros.

Oyó una voz. Era como una mala grabación del señor Jenkins.

"No tienen por qué Profundizar y perder su poder para moverse, bailar. Nadie puede obligarlas a hacerlo. No escuchen a las faras. Escúchenme a mí".

El gran tronco del fara-árbol rodeado comenzó a debilitarse.

Meg trató de proyectarse en la danza para romper el vórtice.

"¡Sporos, sal de ahí! No lo escuches. Fuiste enviada por el Profesor. Tienes que estar con nosotros. ¡Sal, Sporos, estás llamada a Profundizar!"

Entonces, como si ella fuera el último eslabón de una cadena a punto de romperse, fue repentinamente lanzada tan salvajemente fuera de la unión que se estrelló en un extremo del recinto. La fuerza con la que había sido arrojada fue tan feroz que su Transmisión se oscureció por completo.

"Respira, Meg, respira", era Proginoskes, utilizando las mismas palabras que Louise había empleado con Charles Wallace. "Respira, Meg. Todo está bien."

Ella se tambaleó, vaciló, y recuperó el equilibrio.

De nuevo se oyó la risa grotesca, y la voz del falso señor Jenkins urgiéndoles: "¡Eliminen a la fara!"

Luego llegó la propia voz del señor Jenkins:

"Ya veo. Ya entiendo", ella sintió que emanaba de él una admisión seca y evasiva de la desagradable circunstancia.

Ella volteó bruscamente, apenas con aliento:

"No entiendo."

El señor Jenkins le preguntó:

"¿Por qué Hitler quería controlar el mundo? ¿O Napoleón? ¿O Tiberio?"

209

"No lo sé. No sé por qué alguien haría eso. Creo que sería terrible."

"¿Pero admites que así fue, Margaret?"

"Ellos querían", concedió la chica, "sin embargo, no tuvieron éxito".

"Hicieron un muy buen trabajo teniendo éxito durante algún tiempo, y no serán olvidados con facilidad. Un gran número de personas pereció durante los años de sus mandatos."

"¿Pero las farandolas… por qué las pequeñas farandolas como Sporos…?"

"No parecen ser muy diferentes de los seres humanos."

Se sentía fría y tranquila. Una vez que el señor Jenkins hubo aceptado la situación, la entendía mejor que ella misma. Meg le preguntó:

"Está bien, ¿entonces qué tienen que ver los Echthroi? Están detrás de todo esto, ¿verdad?"

Proginoskes respondió:

"Los Echthroi siempre están detrás de la guerra."

Meg se dirigió angustiada a Senex, tranquilo y fuerte como un roble, pero diferente de la madera de roble, flexible, capaz de doblarse con el viento y el clima:

"Senex, hemos sido enviados para ayudar, pero no soy lo suficientemente fuerte para luchar contra los Echthroi. No puedo evitar que Sporos y las otras farandolas eliminen a la fara. Oh, Senex, si tienen éxito, ¿no se matarán entre ellas también?"

Senex respondió con frialdad, en voz baja:

"Sí."

"Esto es una locura", dijo el señor Jenkins.

Proginoskes respondió:

"Toda guerra lo es."

"Pero, como yo lo entiendo", continuó el Señor Jenkins, "¿somos una parte mínimamente inconmensurable de Charles Wallace?"

"Lo somos."

"De modo que al estar en, quiero decir, dentro de esta mitocondria, si Charles Wallace muriera, entonces... hum... nosotros..."

"También moriríamos."

"Entonces no lucho sólo por la vida de Charles Wallace, sino por la de Meg, y por la de Calvin y..."

"Por la suya."

Meg sintió una total indiferencia del señor Jenkins a su propia vida. Todavía no estaba dispuesto a aceptar la carga de su preocupación por ella.

"¡No debemos pensar en eso! ¡Debemos pensar sólo en Charles!"

Proginoskes la abrazó a través de sus pensamientos:

"Ahora no puedes mostrar tu preocupación por Charles Wallace salvo en lo que concierne a Sporos. ¿No entiendes que todos somos parte el uno del otro, y que los Echthroi están tratando de dividirnos exactamente de la misma manera en la que están intentando destruir toda la Creación?"

La danza de las farandolas giraba y clamaba, y Meg pensó que podía escuchar la voz de Sporos diciendo:

"¡Nosotros no somos parte de nadie! Somos farandolas, y vamos a asumir el control de Yadah. Después de eso..."

Un chirrido espantoso de risa asaltó los oídos de Meg. Una vez más ella se arrojó al baile, tratando de sacar a Sporos de él.

Senex la empujó hacia atrás con la fuerza de su Transmisión.

"De esa manera no, por la fuerza no."

"¡Pero Sporos debe Profundizar! ¡Tiene que hacerlo!"

Entonces, en los bordes de su consciencia, Meg escuchó un titileo, y Calvin estaba con Sporos, tratando de llegar a ella, de Transmitir con ella.

La respuesta de Sporos fue estridente, pero salió del círculo salvaje y merodeó en su periferia.

"¿Por qué Blajeny los envió a ustedes, formas de vida alienígena a Yadah, a estar conmigo? ¿Cómo pueden ayudarme con mi formación? Hacemos música por nosotras mismas. Nosotras no los necesitamos."

Meg sintió la turbulencia volcánica de Proginoskes, sintió un viento violento, abrasadoras lenguas de fuego.

"Torpe, idiota", le enviaba Proginoskes, "todos nos necesitamos los unos a los otros. Cada átomo del Universo depende de todos los demás."

"Yo no te necesito."

De repente Proginoskes le Transmitió simple y tranquilamente:

"Te necesito, Sporos. Todos nosotros te necesitamos. Charles Wallace te necesita."

"Yo no necesito a Charles Wallace."

Calvin le Transmitió con urgencia:

"¿No lo necesitas? ¿Qué te pasa a ti si algo le sucede a Charles Wallace? ¿A quién has estado escuchando?"

Sporos cortó la comunicación. Meg no podía sentirlo en absoluto.

Calvin emanaba frustración:

"No puedo llegar a ella. Se escapa de mí cada vez que pienso que me estoy acercando."

Sporos fue engullida dentro del desenfrenado círculo. La fara circundada estaba cada vez más floja, toda vida escapaba de ella rápidamente. Senex se lamentó:

"Su canción se está apagando."

Proginoskes Transmitió:

"Tachada. Apagada como una vela."

Las frondas de Senex cayeron afligidas.

"Sporos y su generación escuchan a aquellos que silencian el canto. Escuchan a aquellos que podrían arrancar la luz de la canción."

El señor Jenkins-Echthros levantó sus borrosos brazos proféticamente.

"¡La única salvación es matar la canción!"

"¡No!", el señor Jenkins gritó al señor Jenkins-Echthros. "Eres sólo una visión especular de mí. ¡Tú eres nada!"

Nada   nada   nada

La palabra resonó, hueca, vacía, repitiéndose sin cesar. En todas partes que Meg Transmitía parecía encontrar una proyección de un señor Jenkins-Echthros.

"¿No entienden que los Echthroi son sus salvadores? Cuando todo sea nada, no habrá más guerra, ni enfermedad, ni muerte. No habrá más pobreza, ni dolor, ni tugurios, ni hambre…"

Senex Transmitió a través de un Echthros.

"¡No habrá más canto!"

Proginoskes se unió a Senex:

"No habrá más estrellas, ni querubines, ni la luz de la Luna reflejada en el mar."

Y Calvin les siguió:

"Nunca habrá otra comida alrededor de la mesa. Nadie partirá el pan o beberá el vino con sus compañeros."

Meg Transmitió violentamente contra el señor Jenkins-Echthros más cercano:

"¡Usted es nada! Sólo está usando la apariencia del señor Jenkins con el fin de ser algo. ¡Váyase! ¡Usted es nada!"

En ese momento se dio cuenta de que el verdadero señor Jenkins estaba intentando llegar a ella:

"La naturaleza aborrece el vacío."

Calvin respondió:

"Entonces hay que llenar el vacío. Es lo único que tenemos que hacer."

"¿Cómo?"

"Si los Echthroi son la nada, el vacío, entonces ese vacío puede ser llenado."

"Sí, pero ¿cómo?"

Senex Transmitió con calma:

"Tal vez ustedes en verdad no quieran llenarlo. Tal vez ustedes no entienden todavía lo que está en juego."

"¡Sí lo entendemos! Un niño pequeño, mi hermano… ¿Qué sabe usted de mi hermano?"

Senex Transmitió una gran confusión. Tenía una idea de la palabra "hermano" porque todas las faras son o habían sido hermanas. Sin embargo, "niño pequeño" no significaba algo para él.

"Yo sé que mi huésped galáctico está enfermo, tal vez muriendo…"

"¡Ése es Charles Wallace! ¡Es mi hermano pequeño! Para usted puede ser un anfitrión galáctico pero para mí es un niño pequeño como… como Sporos", ella enfocó su Transmisión de Senex hacia el violento baile de las farandolas que habían rodeado otra fara. Esta vez ella Transmitió hacia ellas con cautela. ¿Cómo podía estar segura cuál era Sporos?

Un señor Jenkins-Echthros relinchó de risa.

"Eso no importa. Nada importa."

Un áspero tañido hirió la melodía de las faras que todavía seguían cantando.

Una vez más Meg se sintió tambalear en la mitocondria. Yadah estaba sufriendo. De repente recordó las farandolas que la habían salvado del Echthros cuando Proginoskes la llevó a Yadah. No todas las farandolas habían unido sus suertes con los Echthroi. ¿O acaso aquellas que se sacrificaron para que ella pudiera vivir eran las únicas que desafiarían a los Echthroi?

La chica comenzó a llamar con urgencia:

"¡Sporos! ¡Farandolas! Aléjense de los Echthroi. Danzarán hacia su propia muerte. Vengan a Senex y Profundicen. Esto es para lo que han nacido. ¡Vengan!"

Algunas de las farandolas vacilaron. Otras giraban más rápidamente, gritando:

"No necesitamos Profundizar. Eso es sólo una vieja superstición. Es una estúpida canción, toda esa: gloria, gloria, gloria… Somos nosotras las gloriosas."

"Las estrellas…", gritó Meg desesperadamente.

"Otra superstición. No hay estrellas. Somos los seres más grandes del Universo."

La fealdad se filtraba más allá de Meg y Sporos.

"¿Por qué *quieres* Profundizar?"

El titileo de Sporos era ligeramente disonante:

"Las farandolas han nacido para Profundizar."

"¡Tonta! Una vez que Profundices y eches raíces no serás capaz de divertirte como lo haces ahora."

"Pero…"

"Estarás apegada a un solo lugar para siempre con esas faras chapadas a la antigua, y no serás capaz de correr o moverte nunca más."

"Pero…"

La fuerza y la calma de Senex se abrieron paso a través de la fealdad.

"Sólo cuando estamos plenamente arraigadas somos realmente capaces de movernos."

La indecisión se estremeció a lo largo de Sporos.

Senex continuó:

"Es cierto, pequeñas crías. Ahora que estoy arraigada, ya no me hallo limitada por el movimiento. Ahora se me permite desplazarme a cualquier lugar del Universo. Yo canto con las estrellas. Bailo con las galaxias. Participo de la alegría y el dolor. Nosotras las faras debemos asumir nuestra parte en el ritmo de la mitocondria, o no podremos ser. Y si no podemos ser, entonces no somos."

"¿Quiere decir que mueren?" preguntó Meg.

"¿Así es cómo lo dices? Quizá. No estoy segura. Pero el canto de Yadah ya no es completo y rico. Es endeble, sus armonías magras. Hacemos sufrir a Yadah por nuestra arrogancia."

Meg sintió a Calvin al lado de Senex, apremiándola:

"Sporos, tú eres mi compañera. Tenemos que trabajar juntos."

"¿Por qué? Tú no me sirves."

"Sporos, *somos* compañeros, nos guste o no."

Meg se unió a él:

"¡Sporos! Necesitamos que nos ayudes a salvar a Charles Wallace."

"¿Por qué tenemos que preocuparnos por ese Charles Wallace? No es más que un estúpido niño humano."

"Él es *tu* galaxia. Eso debería hacer que fuera lo suficientemente especial, incluso para ti."

Una incisión cruel cortó su Transmisión, como si un gran pico hubiera cercenado una herida irregular.

"¡Sporos! Soy yo, el señor Jenkins. Yo soy el profesor que es mayor que todos los Profesores porque conozco a los Echthroi."

Meg sintió la Transmisión de Proginoskes afianzarse como el acero.

El señor Jenkins-Echthros sujetaba a Sporos, y hablaba con palabras dulces como la miel:

"No le hagas caso a los terrestres; no escuches a las faras. Son estúpidas y débiles. Escúchame a mí y serás poderosa como los Echthroi. Tú gobernarás el Universo."

"¡Sporos!", la Transmisión del verdadero señor Jenkins no era lo suficientemente fuerte para abrirse paso a través de la corriente. "Él no es el señor Jenkins. ¡No lo escuches!"

La Transmisión de Calvin llegó con más fuerza que la del señor Jenkins.

"Hay dos señores Jenkins, Sporos, dos señores Jenkins que te Transmiten a ti. Tú sabes cuál de ellos no es real. Profundiza, Sporos, ahí es donde se encuentra tu realidad. Así es como encontrarás tu lugar, y como encontrarás tu verdadero centro."

Los oídos mentales de Meg fueron atacados por un aullido Echthroide, a pesar de que parecía proceder del pseudoseñor Jenkins.

"La realidad no tiene sentido. Nada es el centro. Ven. Únete a las demás en su carrera. Sólo unas pocas faras más que rodear y tendrás a Yadah sólo para ti."

"Yadah morirá", exclamó Meg. "Todos moriremos. ¡Tú morirás!"

"Si vienes con nosotros, serás nada", habló el señor Jenkins-Echthros con una Transmisión empalagosa, "y no se puede herir a la nada."

Los largos bigotes de Sporos temblaron dolorosamente.

"Soy muy joven. No se me debería pedir tomar decisiones importantes hasta dentro de varios siglos."

"Tienes edad suficiente para escuchar a Senex", le dijo Meg. "Eres lo suficientemente mayor para *escucharme*. Después de todo, soy una galaxia para ti. Es hora de que Profundices."

Sporos se retorció con el agarre del señor Jenkins-Echthros.

"Ven, Sporos, vuela con los Echthroi. Después crepitarás a través del Universo. Hay demasiadas mitocondrias en la creación. Hay demasiadas estrellas en el cielo. Ven con nosotros al cero, a la nada."

"Profundiza, Sporos, hija mía, Profundiza."

"¡Sporos!", el aullido Echthroide golpeó contra el ritmo de Yadah.

"Te haremos realeza entre los Echthroi."

Meg sintió una ráfaga de viento, el familiar parpadeo de la llama: Proginoskes. El querubines arrojó su Transmisión a través del vacío del señor Jenkins-Echthros, como una cuerda arrojada de un borde a otro del mismo acantilado.

"Sporos, todas las farandolas son de sangre real. Todas las cantantes de la canción son realeza."

"¡Tonterías! Sólo de Nombre."

"El Nombre importa."

"Sólo a la materia."

La Transmisión de Proginoskes era tan suave que socavó la tormenta de los Echthroi.

"Tú eres creada como materia, Sporos. Tú eres parte del gran plan, una parte indispensable. Se te necesita, Sporos; tienes tu propia porción única en la libertad de la creación."

"No hagas caso a ese odioso querubines. No es más que una emanación deformada de energía. No te daremos nombre, y tendrás poder."

Calvin se abrió paso de nuevo:

"Sporos, eres mi compañera. Hagamos lo que hagamos, debemos hacerlo juntos. Si te unes a las farandolas salvajes otra vez, iré al baile contigo."

Sporos tembló:

"¿Para ayudarnos a matar a las faras?"

"No. Para estar contigo."

Meg gritó:

"¡Progo, vayamos también nosotros! Podemos ayudar a Calvin", en su alivio impetuoso por tener algo que hacer, no sintió al querubines tirando de ella, sino que se sumergió en la irracional tarantela e inmediatamente quedó fuera de control. Calvin estaba girando junto a Sporos, incapaz de sacarla del círculo que se cerraba alrededor de la moribunda fara.

Meg estaba completamente bajo el poder del círculo vicioso de las farandolas. La velocidad orbital la succionó a través del círculo y contra el endeble tronco de la fara.

En el interior del centro mortal de la danza estaba oscuro; ella no era capaz de visualizar el torbellino de las farandolas; no podía Transmitir con Calvin ni Sporos. Sólo oyó un silencio que no era silencio porque dentro de este vórtice había un vacío que imposibilitaba el sonido.

Atrapada en ese vacío angustioso se sentía totalmente impotente. Fue succionada contra el tronco de la fara, pero ahora la fara estaba demasiado débil para sostenerla; fue ella quien tuvo que contener a la moribunda Profundizada, para darle la sangre de su propia vida. Sintió que se consumía mientras que el tronco de la fara se fortalecía. Ahora era Meg quien estaba muriendo.

Entonces los brazos la rodearon, la abrazaron, vertiendo la vida de nuevo en ella, los brazos del señor Jenkins, del verdadero señor Jenkins. Su fuerza y amor la llenaban.

Al volver a la vida, las firmes y rítmicas enredaderas de la fara revivida la acariciaban. El señor Jenkins las sostenía a ambas, y su poder no se debilitaba. El círculo asesino había sido roto. Calvin sostenía a Sporos en sus brazos y una lágrima se deslizó por su mejilla. Meg se volvió hacia él, para consolarlo.

En el momento en que ella pasó su Transmisión del señor Jenkins a Calvin, se formó un nuevo círculo, no de farandolas, sino de señores Jenkins, señores Jenkins que hacían girar su anillo de muerte alrededor del verdadero señor Jenkins.

Meg se dio la vuelta hacia él, pero era demasiado tarde. El señor Jenkins estaba rodeado. Meg gritó:

"¡Profundiza, Sporos, es la única esperanza!"

Las farandolas dispersas corrían de aquí a allá confundidas. Proginoskes extendía ala tras ala invisible para tirar de ellas. Hubo un titileo asustado.

"¡Miren a los Echthroi!", ordenó Proginoskes. "Están matando al señor Jenkins, al igual que los hicieron matar a sus propias faras. Miren. Ésta es la realidad."

"¡Señor Jenkins!", gritó Meg. "Tenemos que salvar al señor Jenkins. Oh, Sporos, Profundiza, es la segunda prueba, debes Profundizar."

"¿Por el señor Jenkins?"

"Por ti, por todos nosotros."

"Pero, ¿por qué el señor Jenkins...? ¿No sabía qué le sucedería?"

"Por supuesto que lo sabía. Lo hizo para salvarnos."

"Para salvarnos a todos", agregó Calvin. "Los Echthroi lo tienen, Sporos. Van a matarlo. ¿Qué vas a hacer?"

Sporos volteó hacia Senex, la Fara de la que había nacido. Extendió pequeñas lianas verdes hacia todas las farandolas.

"Es momento de Profundizar", dijo.

Oyeron un débil eco de la música que había sido gran alegría cuando Blajeny los llevó a presenciar el nacimiento de una estrella. Las faras estaban cantando, cantando, fortaleciéndose. Sporos se unió a la canción. Todas las farandolas Profundizaban, y añadían su música a la canción que fluía.

El agotamiento y alivio de Meg eran tan grandes que se olvidó del señor Jenkins. Ella asumió ciegamente que ahora que Sporos y las otras farandolas estaban Profundizando, ahora que la segunda prueba había sido superada exitosamente, todo iría bien; los Echthroi habían sido vencidos; Charles Wallace se recuperaría; ella podía relajarse.

Entonces sintió a Proginoskes que la empujaba a través de su desconsideración.

"¡Meg! ¡Lo has olvidado! ¡Hay tres pruebas!"

Dejó de lado su regocijo. El círculo de los pseudoseñores Jenkins giraba violentamente alrededor del director, cerniéndose sobre él.

Proginoskes Transmitía con tanta fuerza que ella fue arrastrada a la consciencia dolorosa.

"No podemos permitir que los Echthroi se apoderen del señor Jenkins. Ésta es la tercera prueba, rescatar al señor Jenkins. ¡Senex, Sporos, todos, ayúdennos!"

Meg oyó un estridente grito agudo, un grito que se convertía en una horrible carcajada triunfal. Venía del señor Jenkins. Un señor Jenkins. Ya no había una espiral de señores Jenkins-Echthros que rodeaba al director. Se habían cerrado, y entrado a atacar a su presa.

La Transmisión de Proginoskes cortaba como un cuchillo.

"Los Echthroi lo tienen. Debemos sacarlo de ahí."

221

DOCE

Un viento que azota la puerta

Los señores Jenkins-Echthros se abalanzaron hacia ellos. El horrible y familiar hedor embistió a Meg. Una Transmisión pestilente vino a ella con la voz superpuesta del señor Jenkins en el chirrido de metal contra metal.

"¡Tonterías! Por supuesto que los Echthroi no me tienen. Soy el señor Jenkins, y yo tomé a los Echthroi en mí porque son lo correcto. No son los Echthroi los que están vacíos, era yo. Me han llenado con el placer del abismo de la nada. Ven y déjame Tacharte, ven a mí, ven…"

Los largos bigotes de Sporos temblaron. Un débil titilar vino de ellos, pero ahora estaba Transmitiendo, su joven vegetación se movía rítmicamente, sus delicadas agujas nuevas y hojas y limbos brillaban con el ritmo de Senex, del canto de las faras, de Yadah.

"Perdónenme, terrícolas. Voy a cantar para ustedes. Los Echthroi no pueden soportar el canto."

El señor Jenkins Transmitía como un sacacorchos.

"La vida como la conocíamos no tiene sentido, Margaret. La civilización ha fallado. Tus padres saben esto. Ellos se dan por vencidos."

"No, no", protestó Calvin. "Ellos no son así, nunca se rendirían."

"Canten", gritó Sporos llamando a las farandolas que Profundizaban, "canten con nosotros. Nuestra galaxia está en peligro; hemos de salvarla".

El señor Jenkins lo ignoró:

"No hay esperanza salvo la extinción. Precipitémonos a ella."

Meg gritó a través de la perforación del sacacorchos.

"¡Señor Jenkins, no! ¡No lo haga!"

Calvin se unió a ella:

"¡Señor Jenkins, vuelva, escape de los Echthroi!"

"Regresé. Estoy aquí. Por fin soy yo mismo. Nada. El señor Jenkins X. Ser Tachado es lo único bueno."

Una vez más Meg sintió el dolor de un hueso rompiéndose. Cada uno de sus músculos gritaba en señal de protesta. Entonces recibió una imagen brillante de Calvin tirando del señor Jenkins, imágenes poderosas de Calvin peleando con un señor Jenkins repentinamente fuerte y salvaje. Los brazos flácidos y delgados del señor Jenkins impactaban en Calvin con golpes de acero. Calvin, con su nervuda agilidad, eludía la mayoría de los golpes, e intentaba desesperadamente sujetar al señor Jenkins por las muñecas…

atraparlo…

Las muñecas se convertían en garras, se convertían en nada. Calvin se quedó sosteniendo nada. Meg oyó el chirrido de la risa de los Echthroi, y el señor Jenkins asestó un severo golpe a Calvin.

Meg vio la roja-negrura, Calvin se tambaleaba, era arrastrado, succionado al vórtice de los señores Jenkins-Echthros.

A continuación, las imágenes de Calvin tambaleándose por el golpe, afirmándose, preparándose, se desvanecieron.

Las imágenes habían desaparecido, pero Calvin estaba allí, estaba con ella, era parte de ella. Ella había ido más allá de conocerlo a través de imágenes sensoriales para llegar a ese lugar que está más allá de las imágenes. Ahora estaba Transmitiéndole a *Calvin*, no a su pelo rojo, o a sus pecas, o a sus ojos azules ansiosos, o a su sonrisa resplandeciente; tampoco estaba rompiendo la voz profunda con un destemple agudo ocasional; no era nada de esto, pero...

Calvin.

Estaba con Calvin, Transmitiendo con cada átomo de su ser, devolviéndole toda la fortaleza y la resistencia y la esperanza que él le había dado.

Entonces sintió a Proginoskes tratando de llamar su atención y volvió la Transmisión involuntariamente hacia él.

"Meg, puedo ayudar a Calvin, pero no puedo ayudar al señor Jenkins. Quizá tú seas capaz de hacerlo. Intenté llegar a él. Tal vez todavía puedas llegar tú."

Ella se echó hacia atrás. Si iba al señor Jenkins-Echthros, ¿el dolor infligido por los Echthroi la tomaría de nuevo? Ahora no había pequeñas farandolas para salvarla. No podía hacerlo, no podía abrirse conscientemente a ese dolor...

Pero el señor Jenkins había entrado en el círculo rotatorio de la muerte a causa de ella. Si ahora el señor Jenkins estaba poseído por los Echthroi era debido a su amor por ella.

Dio un suspiro de aceptación por lo que debía hacer. Luego dirigió su Transmisión al señor Jenkins que estaba en algún lugar de la horrible versión Echthroide de sí mismo.

"¡Señor Jenkins!", ella arrojó su Transmisión hacia él con todas sus fuerzas. Y ahora ya no veía su fino cabello castaño, del mismo color marrón roedor que el suyo, o los ojos de mediana edad tras las lentes de las gafas de montura de carey, o los hombros caídos con el ligero montículo de caspa, sino algo más profundo, más real, más allá, más allá de los sentidos, algo que era la verdadera persona. Estaba con el señor Jenkins como lo había estado con Calvin, Calvin, que era tan importante para ella que no se atrevía siquiera a susurrar para sí misma cuán importante era...

El señor Jenkins, también era real, y ella estaba con él, Transmitiendo por completo a él...

Desde algún lugar profundo de la versión Echthroide de sí mismo, él estaba tratando de decir algo, estaba repitiendo, repitiendo, y finalmente ella lo oyó, una frase que había usado antes: "La naturaleza aborrece el vacío". Esa única frase fue todo lo que pudo expresar.

Ella se aferró a esto. Si los Echthroi son nada, y el señor Jenkins ahora es parte de esa nada, si Calvin es Tachado en esa nada...

"¡Llénalo! ¡Llénalo!", llegó la Transmisión desesperada de Calvin. A través de ella vino una imagen viva de Charles Wallace triste y jadeante, con sus padres en pie junto a la cama; la doctora Louise manipulando el tanque de oxígeno de emergencia; Fortinbras atravesado en el umbral para impedir que la muerte pudiera entrar en la habitación. "¡Llénalo!"

Estaba fría de desesperación.

"¡Progo! Progo, ¿qué hago?"

Sólo oyó un eco de la voz de Calvin: "Llena el vacío. Llénalo". Él estaba luchando desesperadamente, no por su propia vida sino por la de Meg, por la de Charles Wallace, por las faras cantoras, por el conjunto de todos los seres...

Ella Transmitió incontrolablemente:

"Progo, pasamos la primera prueba, Nombré al señor Jenkins. Y la segunda, Sporos Profundizó. ¿Estamos fallando en la tercera prueba? Calvin no puede resistir mucho más. ¿Tengo que entrar en los Echthroi? ¿Es eso lo que tengo que hacer? ¿Qué harás si fracaso?"

Ella lo sabía. Sabía lo que haría Proginoskes.

Calvin se debilitaba rápidamente, incapaz de contrarrestar los tremendos golpes de los señores Jenkins-Echthros.

Ella se arrojó hacia el señor Jenkins, tratando de agarrar los brazos crueles, intentando alejarlo de Calvin por la pura fuerza de su Transmisión.

El dolor.

Volvió otra vez, como ella sabía que sucedería.

Agonía. Angustia roja golpeaba contra sus ojos…

… Charles Wallace compartía esa angustia, con sus padres impotentes mientras su pequeño cuerpo se convulsionaba con espasmos de dolor. Ellos luchaban por sostenerlo, los Murry, las dos Louise, para sostenerlo durante las convulsiones, para darle el apoyo que necesitaba…

Fortinbras permanecía en la puerta gruñendo, con el pelo del lomo erizado…

Los Echthroi estaban…

La Transmisión de Meg era débil, casi nula por el dolor.

"Calvin… señor Jenkins… no luchen contra los Echthroi… ayúdenme a llenarlos…"

Frío.

Frío más allá de la nieve y del hielo.

Frío más allá del cero absoluto del espacio exterior.

Frío que la pulverizaba en la nada.

Frío y dolor.

Ella luchaba.

No van a Tacharme, Echthroi. Yo los llenaré.

Frío.

Oscuridad.

Vacío.

Nada.

Nada.

Nada.

Echth

X

* * *

Entonces…

Proginoskes.

Un gran grito. Una tempestad de viento. Un rayo de fuego a través del frío, que rompe, que quema el frío y el dolor.

Proginoskes X.

Alas. Todas las alas. Estiradas al máximo de su amplitud. Ojos. Todos los ojos abriéndose y cerrándose, abriéndose, apagándose…

Oh, no…

Extinguiéndose…

No…

Llamas. Humo. Plumas que vuelan. Proginoskes arrojando su gran ser angelical en el vacío de los Echthroi que estaban Tachando al señor Jenkins y a Calvin y a Meg…

y a Charles Wallace.

Alas y llamas y viento, un gran aullido de todos los huracanes del mundo encontrándose y batallando…

"¡Progo!", su grito se Transmitió a través de Yadah, y entonces supo lo que debía hacer. Tenía que hacer lo que el señor Jenkins había hecho cuando se había abierto paso al demente círculo de las farandolas que giraban sin cesar, sosteniéndola a ella con su abrazo. Debía abrazar a los Echthroi, abrazarlos mediante el abrazo al Señor Jenkins y a Calvin, mediante el abrazo a Charles Wallace...

Abrázalos, Meg. Abrázalos a todos. Pon tus brazos alrededor de ellos, alrededor de los Echthroi que extienden su nada, desgarran la nada a través de la creación.

El tamaño no importa. Puedes sostenerlos a todos, a Charles y a Calvin y al Señor Jenkins y a la esfera ardiente de la estrella recién nacida.

Ella gritó:

"¡Los abrazo! Los amo, los Nombro, Echthroi. Ustedes no son la nada. Ustedes son."

Una pequeña pluma blanca que no era una pluma flotó a través del frío.

Los Nombro, Echthroi.
Te Nombro a ti Meg.
Te Nombro Calvin.
Te Nombro señor Jenkins.
Te Nombro Proginoskes.
Te lleno de Nominación.
¡Sé!
Sé, mariposa y gigante,
sé galaxia y saltamontes,
estrella y gorrión, tú importas,
tú eres,
¡sé!
Sé oruga y cometa,
sé puercoespín y planeta,

sé arena de mar y sistema solar,
canta con nosotros,
danza con nosotros,
regocíjate con nosotros,
por la gloria de la creación,
gaviotas y serafines,
gusano de tierra y ángel del cielo,
crisantemo y querubines
(O) querubines
¡Sé!
Canta por la gloria
de los vivos y de los amantes
de la llama de la creación
canta con nosotros
danza con nosotros
sé con nosotros

¡Sé!
Ellos no eran sólo sus palabras,
eran las palabras de Senex,
de Sporos profundizando,
de todas las faras cantoras,
la risa de las farandolas reverdeciendo,
de Yadah misma,
todas las mitocondrias,
todos los huéspedes humanos,
la Tierra,
el Sol,
la danza de la estrella cuyo nacimiento ella había visto,
las galaxias,
los querubines y serafines,

 230

el viento y el fuego,
las palabras de la Gloria.

¡Echthroi! ¡Han sido Nombrados! Mis brazos los rodean.
Ustedes ya no son más la nada. Ustedes son. Están llenos.
Son yo.
Son
Meg.

"¡Meg!"
Sus brazos rodeaban a Charles Wallace.
"¿Dónde...?"
(No importa dónde.)
Aquí.
Aquí en la habitación de Charles Wallace. Meg. Calvin.
El señor Jenkins. Un señor Jenkins. El verdadero señor Jenkins.
Los Murry. La doctora Louise, su estetoscopio balanceándose libremente alrededor de su cuello, con su aspecto desaliñado, agotado, feliz...
Los gemelos, Dennys con una gran mancha de tierra del jardín en su rostro, ambos niños todavía sucios y cansados de sus labores.
Y Charles Wallace. Charles Wallace sentado en la cama, respirando con bastante facilidad y normalidad. Fortinbras sin vigilar la puerta, que ahora estaba invitadoramente abierta. El tanque de oxígeno, que ya no era necesario, estaba en la esquina.
—¿Charles? ¡Oh, Charles Wallace! —Meg lo abrazó, ahogando un sollozo grande e inesperado.
—¿Estás bien? ¿Estás realmente bien?

—Está mucho mejor —dijo la doctora Louise—. Sabemos muy poco acerca de la mitocondritis, pero… —su delicada voz de pequeña ave se desvaneció, y miró interrogante a Meg.

También lo hizo su padre.

—Lo que haya sucedido, dondequiera que hayas estado, Charles Wallace hablaba acerca de mitocondrias y farandolas en su delirio, y algo que sonaba como Echthroi…

—Y acerca de ti —agregó su madre.

Meg explicó rotundamente:

—Estábamos en una de las mitocondrias de Charles Wallace.

El señor Murry se ajustó las gafas en la nariz con el mismo gesto que hacía su hija.

—Así lo dijo él —miró a su hijo menor—. Y no estoy en un estado de ánimo para dudar.

La señora Murry dijo:

—Justo cuando pensábamos que… cuando pensamos que todo estaba perdido… Charles Wallace resolló: "¡Los Echthroi se han ido!", y de repente su respiración empezó a mejorar.

—Todo lo que puedo decir —dijo Dennys—, es que cuando Charles Wallace regrese a la escuela, es mejor que no hable de la forma en que lo ha estado haciendo mientras deliraba.

—No entiendo esto —dijo Sandy—. No me agradan las cosas que no entiendo.

—Si mamá y papá no hubieran estado tan preocupados por Charles Wallace —Dennys miró a Meg—, habrían estado furiosos contigo por no venir a casa directamente de la escuela.

—¿Dónde estabas, en cualquier caso? —preguntó Sandy.

—¿En verdad esperas que nos traguemos ese rollo de que estabas *dentro* de Charles Wallace?

—Si fueras *realista* sólo por una vez.

—Después de todo, también nosotros estábamos preocupados.

—Y algo más.

Miraron a Meg, luego se giraron y miraron al señor Jenkins.

El señor Jenkins dijo:

—Meg dice la verdad. Y yo estaba con ella.

Los gemelos respondieron con un total y estupefacto silencio.

Finalmente Dennys se encogió de hombros y dijo:

—Tal vez un día alguien nos cuente lo que pasó realmente.

—Supongo que ya que Charles se encuentra bien...

—Estaremos contentos por ello. Bien está lo que bien acaba y todo eso.

—A pesar de que todo el mundo nos esté ocultando algo, como de costumbre.

Voltearon hacia la doctora Louise:

—¿Charles está realmente bien? ¿Bien en verdad?

La doctora Louise les respondió:

—En mi opinión, estará recuperado por completo en un día o dos.

Meg se dirigió al señor Jenkins:

—Está bien, pero ¿qué pasa con la escuela? ¿Continuarán los problemas tan miserablemente como siempre?

El señor Jenkins habló con su tono más ácido.

—No lo creo.

—¿Qué hará, señor Jenkins? ¿Puede cambiar las cosas?

—No lo sé. No puedo dictar la seguridad de Charles Wallace. Él tiene que aprender a adaptarse por sí mismo. Pero tengo menos miedo de la situación que antes. Después de nuestras, hum, recientes experiencias, será más fácil entrar

233

cada mañana a la vieja escuela de color rojo. Ahora creo que encontraré en la escuela primaria un cambio agradable, y por el momento parece un reto muy posible.

Los gemelos miraron asombrados de nuevo. Sandy preguntó de manera desanimada:

—Bueno, entonces, ¿no hay nadie con hambre?

—Estábamos tan preocupados por Charles que no hemos comido desde…

—Me gustaría cenar pavo —dijo Charles Wallace.

La señora Murry lo miró, y algo de la tensión de su rostro desapareció.

—Me temo que no será posible, pero puedo sacar unos filetes del congelador.

—¿Puedo bajar cuando la cena esté lista?

La doctora Louise lo observó bruscamente con su mirada inquisitiva.

—No veo por qué no. Meg, tú y Calvin quédense con él hasta entonces. El resto de nosotros iremos a la cocina para ayudar. Vamos, señor Jenkins, usted puede ayudarme a poner la mesa.

Cuando los tres estuvieron solos, Charles Wallace le dijo a Calvin:

—No pronunciaste una palabra.

—No necesité hacerlo —Calvin se sentó al pie de la cama de Charles Wallace. Se veía tan cansado como la doctora Louise, e igual de feliz. Posó una mano suavemente sobre Meg—. Será bueno tener una fiesta juntos y celebrar.

Meg se quejó:

—¡Cómo podemos celebrar una fiesta sin Progo!

—No he olvidado a Progo, Meg.

—Pero, ¿dónde está?

—Meg, él se Tachó.

—Pero, ¿dónde está?

(No importa dónde.)

La mano de Calvin presionó con más fuerza la de Meg.

—Como diría Progo, él está Nombrado. Por lo que está bien. Los Echthroi no atraparon a Progo, Meg. Se Tachó por su propia voluntad.

—Pero, Calvin...

—Proginoskes es un querubines, Meg. Fue su propia elección.

Los ojos de Meg estaban demasiado brillantes.

—Me gustaría que los seres humanos no pudieran tener sentimientos. Estoy teniendo sentimientos. Duelen.

Charles Wallace la abrazó.

—No imaginé los dragones, ¿verdad?

Como él había pensado, su hermana exhibió una sonrisa acuosa.

Inmediatamente después de la cena, la doctora Louise le ordenó a Charles Wallace que volviera a la cama. Meg extendió los brazos para darle un beso de buenas noches. Ella sabía que él era consciente de su sensación de incompletitud sin Proginoskes, y, cuando él la besó en la mejilla, susurró:

—¿Por qué no salen Calvin y tú a los pastizales del norte donde están las grandes rocas y echan un vistazo?

Ella asintió, luego miró a Calvin. Sin palabras, salieron por la despensa y se pusieron las chaquetas para el frío. Cuando habían dejado la casa atrás, él dijo:

—Es curioso hablar en lugar de Transmitir, ¿verdad? Supongo que será mejor que nos acostumbremos a ello.

235

Ella caminaba muy cerca de él, a través de la rica tierra, recién removida del jardín:

—Hay cosas de las que no seremos capaces de hablar delante de la gente, excepto Transmitiéndolas.

Calvin tomó una de sus manos enguantadas.

—Tengo la sensación de que no debemos hablar de ellas demasiado.

Meg preguntó:

—Pero Blajeny... ¿Dónde está Blajeny?

La mano de Calvin sostenía la de ella con firmeza.

—No lo sé, Meg. Sospecho que allí donde haya sido enviado, a Enseñar.

Se detuvieron en el muro de piedra.

—Es una noche fría, Meg. No creo que Louise vaya a salir —él subió a la pared y se dirigió rápidamente a las dos rocas glaciares. Las grandes piedras se alzaban contra el cielo oscuro. La hierba bajo sus pies estaba crujiente con las heladas. Y no se percibía nada cerca.

Meg dijo:

—Vayamos a la roca-mirador.

La roca-mirador yacía fría bajo la brillantez de las estrellas. No había nada allí. Una lágrima corrió por la mejilla de Meg, y ella se la secó con el dorso de un guante.

Calvin puso su brazo alrededor de ella.

—Lo sé, Meg. Yo también quiero saber qué ha sido de Progo. Todo lo que sé es que de una manera u otra, él está bien.

—Creo que *sé* que está bien. Pero a mi mente le gustaría comprobarlo —ella se estremeció—.

—Será mejor que entremos. Les prometí a tus padres que no estaríamos mucho tiempo fuera.

236

Ella sintió una resistencia extraordinaria a irse, pero permitió que Calvin la llevara. Cuando llegaron al muro de piedra, se detuvo. Espera un momento...

—Louise no est... —comenzó a decir Calvin, pero una sombra oscura se deslizó fuera de las piedras, desenrollándose lentamente y con gracia, y se inclinó ante ellos.

—Oh, Louise —dijo Meg—. Louise...

Pero Louise se había bajado del muro otra vez y había desaparecido dentro de él. Sin embargo, Meg se sintió reconfortada y tranquila. Regresaron en silencio a casa. Colgaron sus chaquetas en los ganchos de la despensa; la puerta del laboratorio estaba cerrada. Así como la puerta de la cocina.

Entonces, la puerta de la cocina se abrió súbitamente con un golpe.

Sandy y Dennys estaban a la mesa, haciendo los deberes de la escuela.

—¡Eh! —dijo Sandy—. No es necesario ser tan violento.

—Podías *abrir* la puerta con cuidado, no tienes que arrancar las bisagras.

—No hemos tocado la puerta —dijo Meg—. Se abrió con el viento.

Sandy cerró su libro de latín:

—Eso no tiene sentido. Casi no hay viento esta noche, y el que hay, viene de la dirección opuesta.

Dennys levantó la vista de su cuaderno de matemáticas.

—Charles Wallace quiere que vayas arriba con él, Meg. En todo caso, cierra la puerta. Hace frío.

Sandy se levantó y cerró la puerta con firmeza.

—Estuvieron fuera suficiente tiempo.

—¿Contarán las estrellas, o algo así?

—No tenemos que contarlas —dijo Meg—. Sólo tienen que ser conocidas por su Nombre.

Los ojos de Calvin se encontraron con los suyos durante un largo rato y le sostuvo la mirada, sin hablar, sin Transmitir, simplemente siendo.

Luego ella subió a ver a Charles Wallace.

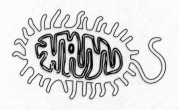

Esta obra se imprimió y encuadernó
en el mes de marzo de 2018,
en los talleres de Diversidad Gráfica S.A. de C.V.,
Privada de Av. 11 No. 4-5, Col. Vergel,
C.P. 09880, Iztapalapa, Ciudad de México.